U0747158

轻阅读
书系

踪迹·论雅俗共赏

朱自清 著

北方联合出版传媒(集团)股份有限公司
万卷出版公司

© 朱自清 2015

图书在版编目（CIP）数据

踪迹·论雅俗共赏 / 朱自清著. —— 沈阳：万卷出
版公司，2015.6（2023.5 重印）
（轻阅读）
ISBN 978-7-5470-3628-0

Ⅰ . ①踪… Ⅱ . ①朱… Ⅲ . ①散文集 – 中国 – 现代
Ⅳ . ① I266

中国版本图书馆 CIP 数据核字 (2015) 第 068738 号

出 品 人：王维良
出版发行：北方联合出版传媒（集团）股份有限公司
　　　　　万卷出版公司
　　　　　（地址：沈阳市和平区十一纬路 29 号　邮编：110003）
印 刷 者：三河市双升印务有限公司
经 销 者：全国新华书店
幅面尺寸：150mm×215mm
字　　数：146 千字
印　　张：14
出版时间：2015 年 6 月第 1 版
印刷时间：2023 年 5 月第 2 次印刷
责任编辑：胡　利
责任校对：张　莹
封面设计：王晓芳
内文制作：王晓芳
ISBN 978-7-5470-3628-0
定　　价：59.00 元
联系电话：024-23284090
传　　真：024-23284448

常年法律顾问：王　伟　版权所有　侵权必究　举报电话：024-23284090
如有印装质量问题，请与印刷厂联系。　　　　　　联系电话：0316-3651539

序 言

年少读书，老师总以"生而有涯，学而无涯"相勉励，意思是知识无限而人生有限，我们少年郎更得珍惜时光好好学习。后来读书多了，才知庄子的箴言还有后半句："以有涯随无涯，殆已！"顿感一代宗师的见识毕竟非一般学究夫子可比。

一代美学家、教育家朱光潜老先生也曾说："书是读不尽的，就读尽也是无用。"理由是"多读一本没有价值的书，便丧失可读一本有价值的书的时间和精力"，可见"英雄所见略同"。

当代人的生活节奏越来越快，很多人感慨抽出时间来读书俨然成为一种奢侈。既然我们能够用来读书的时间越来越宝贵，而且实际上也并非每本书都值得一读，那么如何从浩瀚的书海中挑出真正适合自己的好书，就成为一项重要且必不可少的工作。于是，我们编纂了这套"轻阅读"书系，希望以一愚之得为广大书友们做一些粗浅的筛选工作。

本辑"轻阅读"主要甄选的是民国诸位大师、文豪的著作，兼选了部分同一时期"西学东渐"引入国内的外国名著。我们之所以选择这个时期的作品作为我们这套书系的第一辑，原因几乎是不言而喻的——这个时期是中国学术史上一个大时代，只有春秋战国等少数几个时代可以与之媲美，而且这个时代创造或引进的思想、文化、学术、文学至今对当代人还有着深远的影响。

当然，己所欲者，强施于人也是不好的，我们无意去做一个惹人生厌的、给人"填鸭"的酸腐夫子。虽然我们相信，这里面的每一本书都能撼动您的心灵，启发您的思想，但我们更信任读者您的自主判断，这么一大套书系大可不必读尽。若是功力不够，勉强读尽只怕也难以调和、消化。崇敬慷慨激昂的闻一多的读者未必也欣赏郁达夫的颓废浪漫；听完《猛回头》《警世钟》等铿锵澎湃的革命号角，再来朗读《翡冷翠的一夜》等"吴侬软语"也不是一个味儿。

读书是一件惬意的事，强制约束大不如随心所欲。偷得浮生半日闲，泡一杯清茶，拉一把藤椅，在家中阳光最充足的所在静静地读一本好书，聆听过往大师们穿越时空的凌云舒语，岂不快哉？

周志云

目 录

踪 迹

第一辑　诗歌

第二辑　散文

论雅俗共赏

踪　迹

第一辑　诗歌

光明

　　风雨沉沉的夜里，
前面一片荒郊。
走尽荒郊，
便是人们底道。
呀！黑暗里歧路万千，
叫我怎样走好？
"上帝！快给我些光明吧，
让我好向前跑！"
上帝慌着说，"光明？
我没处给你找！
你要光明，
你自己去造！"

　　　　　　　　　　一九一九年十一月二十二日。

歌声

好嘹亮的歌声！
黑暗的空地里，
仿佛充满了光明。
我波澜汹涌的心，
像古井般平静；
可是一些没冷，
还深深地含着缕缕微温。
什么世界？
什么我和人？
我全忘记了，——一些不省！
只觉轻飘飘的，好像浮着，
随着那歌声的转折，
一层层往里追寻。

一九一九年十一月二十三日。

满月的光

好一片茫茫的月光，
静悄悄躺在地上！
枯树们的疏影
荡漾出她们伶俐的模样。
仿佛她所照临，
都在这般伶伶俐俐地荡漾；
一色内外清莹，
再不见纤毫翳障。
月啊！我愿永永浸在你的光明海里，
长是和你一般雪亮！

一九一九年十二月六日。

踪迹 · 论雅俗共赏

羊群

如银的月光里，
一张碧油油的毡上，
羊群静静地睡了。
他们雪也似的毛和月掩映着，
啊！美丽和聪明！
　　狼们悄悄从山上下来，
羊儿梦中惊醒：
瑟瑟地浑身乱颤；
腿软了，
不能立起，只得跪着了；
眼里含着满眶亮晶晶的泪；
口中不住地咩咩哀鸣。
如死的沉寂给叫破了；
月已暗澹，
像是被咩咩声吓着似的！

狼们终于张开血盆般的口，
露列着巉巉的牙齿，
像多少把钢刀。
不幸的羊儿宛转钢刀下！
羊儿宛转，
狼们享乐，
他们喉咙里时时透出来
可怕的胜利的笑声！

　　他们呼啸着去了。
碧油油的毡上
新添了斑斑的鲜红血迹。
羊们纵横躺着，
一样地痉挛般挣扎着，
有几个长眠了！
他们如雪的毛上，
都涂满泥和血；
啊！怎样地可怕！

　　这时月又羞又怒又怯，
掩着面躲入一片黑云里去了！

新年

　　夜幕沉沉，
笼着大地。
新年天半飞来，
啊！好美丽鲜红的两翅！
她口中含着黄澄澄的金粒——
"未来"的种子。
　　翅子"拍拍"的声音，
惊破了寂寞。
他们血一般的光，
照彻了夜幕；
幕中人醒，
看见新年好乐！
　　新年交给他们
那颗圆的金粒，
她说，"快好好地种起来，

这是你们生命的秘密！"

一九一九年十二月二十一日。

踪迹·论雅俗共赏

北河沿的路灯

　　有密密的毡儿，
遮住了白日里繁华灿烂。
悄没声儿的河沿上，
满铺着寂寞和黑暗。

　　只剩城墙上一行半明半灭的灯光，
还在闪闪铄铄地乱颤。
他们怎样微弱！
但却是我们唯一的慧眼！

　　他们帮着我们了解自然；
让我们看出前途坦坦。
他们是好朋友，
给我们希望和慰安。

　　祝福你灯光们，
愿你们永久而无限！

　　　　　　　　　　一九二〇年一月二十五日。

怅惘

　　只如今我像失了什么，
原来她不见了！
她的美在沉默的深处藏着，
我这两日便在沉默里浸着。
沉默随她去了，
教我茫茫何所归呢？
但是她的影子却深深印在我心坎里了！
原来她不见了，
只如今我像失了什么！

沪杭道中

雨儿一丝一丝地下着，

每每的田园在雨里浴着，

一片青黄的颜色越发鲜艳欲滴了！

青的新出的秧针，

一块块错落地铺着；

黄的割下的麦子，

把把地叠着；

还有深黑色待种的水田，

和青的黄的间着；

好一张彩色花毡呵！

　　一处处小河缓缓地流着；

河上有些窄窄的板桥搭着；

河里几只小船自家横着；

岸边几个人撑着伞走着；

那边田里一个农夫，披了蓑，戴了笠，

慢慢地跟着一只牛将地犁着；
牛儿走走歇歇，往前看着。

    远远天和地密密地接了。
苍茫里有些影子，
大概是些丛树和屋宇罢？
却都给烟雾罩着了。

    我们在烟雾里、花毡上过着；
雨儿还在一丝一丝地下着。

踪迹·论雅俗共赏

秋

惨澹的长天板着脸望下瞧着，
小院里两株亭亭的绿树掩映着。
一阵西风吹来，他们的叶子都颤起来了，
仿佛怕摇落的样子——
西风是报信的？
呀！飒飒地又下雨了，
叶子被打得格外颤了。
雨里一个人立着，不声不响的，
也在颤着；
好久，他才张开两臂低声说，
"秋天来了！"

一九二〇年八月，扬州作。

自白

朋友们硬将担子放在我肩上；
他们从容去了。

　　担子渐渐将我压扁；
他说，"你如今全是'我的'了。"
我用尽两臂的力，
想将他掇开去。
但是——迟了些！

　　成天蜷曲在担子下的我，
便当那儿是他的全世界；
灰色的冷光四面反映着他，
一切都板起脸向他。

　　但是担子他手里终会漏光；
我昏花的两眼看见了：
四围不都是鲜嫩的花开着吗？
绯颊的桃花，粉面的荷花，

金粟的桂花，红心的梅花，
都望着我舞蹈，狂笑；
笑里送过一阵阵幽香，
全个儿的我给它们薰透了！

　我像一个疯子，
周身火一般热着：
两只枯瘦的手拚命地乱舞，
一双软弱的脚尽力地狂踏；
扯开哑了的喉咙，
大声地笑着喝着；
甚么都像忘记了？

　但是——
担子他的手又突然遮掩来了！

一九二一年二月三日。

纪游

一九二〇年十一月二十八日同维祺游天竺，灵隐，韬光，北高峰，玉泉诸胜，心里很是欢喜；二日后写成这诗。

一

　　灵隐的路上，
砖砌着五尺来宽的道儿，
像无尽长似的；
两旁葱绿的树把着臂儿，
让我们下面过着。
　　泉儿只是泠泠地流着，
两个亭儿亭亭地俯看着；
俯看着他们的，
便是巍巍峨峨的，金碧辉煌的殿宇了。

　　好阴黢幽深的殿宇！
这样这样大的庭柱，
我们可给你们比下去了！

二

　　紫竹林门前一株白果树，
小门旁又是一株——
怕生客么？却缩入墙里去了。
院里一方紫竹，
迎风颤着；
殿旁坐着几个僧人，
一声不响的；
所有的只是寂静了。
　　出门看见地下一堆黄叶，
扇儿似的一片片叠着。
可怜的叶儿，
夏天过了，
他们早就该下来了！
可爱的，
他们能伴我
伴我忧深的人么？——
我捡起两片，
珍重地藏在袋里。

三

韬光过了，
所有的都是寂静了。
只有我们俩走着；
微微的风吹着。
那边——无数竿竹子
在风里折腰舞着；
好一片碧波呦！
这边——红的墙，绿的窗，
颤巍巍，瘦兢兢，挺挺地，高高地耸着的，
想是灵隐的殿宇了；
只怕是画的哩？
云托着他罢？

远远山腰里吹起一缕轻烟，
袅袅地往上升着；
升到无可再升了，
便袅袅婷婷地四散了。

葱绿的松柏，
血一般的枫树，
鹅黄的白果树，
美丽吗？
是自然的颜色罢。
葱绿的，她忧愁罢；
血一般的，她羞愧罢！

鹅黄的，她快乐罢？

我可不知；

她自己也说不出哩。

四

北高峰了，

寂静的顶点了。

四周都笼着烟雾，

迷迷糊糊的，

什么都只是些影子了。

只有地里长着的蔬菜，

肥嫩得可爱，

绿得要滴下来；

这里藏着我们快乐的秘密哩！……

我们的事可完了，

满足和希望也只剩些影子罢了！

五

我们到底下来了，

这回所见又不同了：

几株又虬劲，又妩媚的老松

沿途迎着我们；

一株笔直，笔直，通红，通红的大枫树，

立着像孩子们用的牛乳瓶的刷子；
他在刷着自然地乳瓶吗？

　　落叶堆满了路，
我们踏着；"喳喳喊喊"的声音。
你们诉苦么？
却怨不得我们；
谁教你们落下来的？
看哪，飘着，飘着，
草上又落了一片了。
我的朋友赶着捡他起来，
说这是没有到过地上的，
他要留着——
有谁知道这片叶的运命呢？

六

　　灵隐的泉声亭影终于再见；
灰色的幕将太阳遮着，
我们只顾走着，远了，远了；
路旁小茶树偷着开花——
白而嫩的小花——
只将些叶儿掩掩遮遮。
我的朋友忍心摘了他两朵；
怕茶树他要流泪罢？
唉！顾了我们，

踪迹·论雅俗共赏

便不顾得你了？

我将花簪在帽檐；

朋友将花拈在指尖；

暮色妒羡我们，

四周围着我们——

越逼越近了，

我们便浮沉着在苍茫里。

送韩伯画往俄国

天光还早，
火一般红云露出了树梢，
不住地燃烧，不住地流动；
黑漆漆的大路，
照得闪闪铄铄的，有些分明了。

　　立着一个绘画的学徒，
通身凝滞了的血都沸了；
他手舞足蹈地唱起来了r：
　　"红云呵
　　鲜明美丽的云呵！
　　你给了我一个新生命！
　　你是宇宙神经的一节；
　　你是火的绘画——
　　谁画的呢？
　　我愿意放下我所曾有的，

　　　跟着你走；

　　　提着真心跟着你！"

他果然赤裸裸的从大路上向红云跑去了！

　　　祝福你绘画的学徒！

你将在红云里，

　　　偷着宇宙的密意，

放在你的画里；

可知我们都等着哩！

　　　　　　一九二〇年十二月二十八日。

湖上

绿醉了湖水，
柔透了波光；
擎着——擎着
从新月里流来
一瓣小小的小船儿：
白衣的平和女神们
随意地厮并着——
柔绿的水波只兢兢兢兢地将她们载了。
舷边颤也颤的红花，
是的，白汪汪映着的一枝小红花呵。
一星火呢？
一滴血呢？
一点心儿罢？
她们柔弱的，但是喜悦的，
爱与平和的心儿？

她们开始赞美她；

唱起美妙的，

不容我们听，只容我们想的歌来了。

白云依依地停着；

云雀痴痴地转着；

水波轻轻地汩着；

歌声只是袅袅娜娜着：

人们呢，

早被融化了在她们歌喉里。

　　天风从云端吹来，

拂着她们的美发；

她们从容用手掠了。

于是——挽着臂儿，

并着头儿，

点着足儿；

笑上她们的脸儿，

唱下她们的歌儿。

　　我们

被占领了的，

满心里，满眼里，

企慕着在破船上。

她们给我们美尝了，

她们给我们爱饮了；

我们全融化了在她们里，

也在了绿水里，

也在了柔波里，

也在了小船里，

和她们的新月的心里。

一九二一年五月十四日。

踪迹·论雅俗共赏

转眼

一九二〇年五月，在北京大学毕业，即到杭州第一师范教书。初到时，小有误会；我辞职。同学留住我。后来他们和我很好。但我自感学识不足，时觉彷徨。这篇诗便是我的自白。

转眼的韶华
霎的又到了黄梅时节。
听——点点滴滴的江南，
看——儳儳僁僁的天色；
是处找不着一个笑呵。
人间的那角上，
尽冷清清徘徊着他游子。
熟梅风吹来弥天漫地的愁，
絮团团拥了他；
他怯怯的心弦们，

春天和暖的太阳光里

袅着的游丝们的姊妹罢；

只软软轻轻地弹唱，

弹唱着那

温柔的四月里

百花开时，

智慧者用了灌溉群芳的

如酥的细雨般的调子。

她们唱道，

"这样无边愁海里浮沉着的，

可怎了得呵！"

她们忧虑着将来，

正也惆怅着过去。

　　她们唱呵：

去年五月，

湿风从海滨吹来，

燕子从北方回去的时候，

他开始了他的旅路。

四年来的老伴，

去去留留，暂离还合的他俩，

今朝分手——今朝分手。

她尽回那

临别的秋波；

喜么？

嗔么？

踪迹·论雅俗共赏

他那里理会得？

那容他理会得！

他们呢？

新交，旧识的他们，

也剩了面面儿相觑；

只有淡淡的一杯白酒，

悄悄地搁在他前；

另有微颤的声浪：

"江南没熟人哩；

喝了我们的去罢……"

他飞眼四面看了，

一声不响饮了。——

他终于上了那旅路。

　　她们唱呵：

这正是青年的夏天，

和他挽着手走到江南来了。

腼腆着他的脸儿，

忐忑着他的心儿；

趔趄着，

踅罢。

东西南北那眼光，

惊惊诧诧地睒他。

他打了几个寒噤；

头是一直垂下去了。

他也曾说些什么，

他们好奇地听他；
但生客们的语言，
怎能够被融洽呢?
"可厌的！"——
从他在江南路上，
初见湖上的清风
俯着和茸茸绿草里
随意开着
没有名字的小花们
私语的时候，
他所时时想着，也正怕着的
那将赐给生客们照例的诅咒，
终于被赐给了；
还带了虐待来了。
可是你该知道，
怎样是生客们的暴怒呵！
羞——红了他的脸儿，
血——催了他的心儿；
他掉转头了，
他拔步走了；
他说，
他不再来了！
生客的暴怒，
却能从他们心田里，
唤醒了那久经睡着的，

踪迹·论雅俗共赏

不相识者的同情；

他们正都急哩！

狂热的赶着，

沙声儿喊着：

"为甚撇下爱你的我们？

为甚弃了你爱的朋友？"

他的脸于是酸了，

他的心于是软了；

他只有留下，

留下在那江南了。

　　她们唱呵：

他本是一朵蓓蕾，

是谁掐了他呢？

谁在火光当中

逼着他开了花，

暴露在骄傲的太阳底下呢？

他总只有怯着！

等呵！只等那灰絮絮的云帷，

——唉，黑茸茸的夜幕也好——

遮了太阳的眼睛时，

他才敢躲在树荫里苦笑，

他才敢躲在人背后享乐。

可是不倦的是太阳；

他蒙了脸时终是少呵！

客人们倒真"花"一般爱他；

但他总觉当不起这爱，
他只羞而怕罢！
却也有那无赖的糟蹋他，
太阳里更不免有丑事呕他，
他又将怎样恼恨呢？——
尽颠颠倒倒的终日。
飘飘泊泊了一年，
他总只算硬挣着罢。
可怜他疲倦的青春呵！

　　愁呢，重重叠叠加了，
弦呢，颤颤巍巍岔了；
袅着的，缠着了，
唱着的，默着了。
理不清的现在，
摸不着的将来，
谁可懂得，
谁能说出呢？
况他这随愁上下的，
在茫茫漠漠里
还能有所把捉么？
待顺流而下罢！
空辜负了天生的"我"；
待逆流而上呵，
又渐愧着无力的他。
被风吹散了的，

被雨滴碎了的，

只剩有踯躅，

只剩有彷徨；

天公却尽苦着脸，

不瞅不睬地相向。——

可是时候了！

这样莽荡荡的世界之中，

到底那里是他的路呢！

一九二一年六月，杭州作。

沪杭道上的暮

风澹荡，
平原正莽莽，
云树苍茫，苍茫；
暮到离人心上。

一九二一年十一月十八日，沪杭车中。

踪迹·论雅俗共赏

挽歌

尧深死后，有一缕轻烟似的悲哀盘旋在我心上，久
久不灭。昨日读了《楚辞·招魂》，更恻恻不能自已。
因略参《招魂》之意，写成此歌，以抒伤逝的情怀。

云漫漫，风骚骚，
人间路呀，迢迢！
这隐隐约约的，
是你的遗踪？
那渺渺茫茫的，
是你的笑貌？
你不怕孤单？
你甘心寂寥？
为什么如醉如痴，
踯躅在那远刁刁荒榛古道？
天寒了，

日暮了，

剩有白杨的萧萧。

我把你的魂来招！

我把你的魂来招！

"尧深呀，

归来！"

尽有那暮暮朝朝，

够你去寻欢笑。

去寻欢笑！

高山上，有着好水；

平地上，百花眩耀；

日月光，何皎皎！

更多少人儿，

分你的忧，

慰你的无聊！

"尧深呀，

归来！"

为什么如醉如痴，

徘徊在那远刁刁荒榛古道？

　　仰头——

苍天的昊昊，

低头——

衰草的滔滔；

呀！我的眼儿焦，

你的影儿遥！

呀！我的眼儿焦，

你的影儿遥！

　　　　十二月四日，尧深追悼会之晨，在杭州。

除夜

　　除夜的两枝摇摇的白烛光里，
我眼睁睁瞅着，
一九二一年轻轻地踅过去了。

一九二一年除夕，杭州。

踪迹·论雅俗共赏

笑声

是人们的笑声哩。

追寻去，却跟着风走了！

一九二二年二月二十一日。

灯光

　　那泱泱的黑暗中熠耀着的，
一颗黄黄的灯光呵，
我将由你的熠耀里，
凝视她明媚的双眼。

一九二二年二月二十二日。

独自

白云漫了太阳；
青山环拥着正睡的时候，
牛乳般雾露遮遮掩掩，
像轻纱似的，
蒙了新嫁娘的面。
默然在窗儿口，
上不见只鸟儿，
下不见个影儿，
只剩飘飘的清风，
只剩悠悠的远钟。
眼底是靡人间了，
耳根是靡人间了；
故乡的她，独灵迹似的，
猛猛然涌上我的心头来了！

一九二二年二月二十二日。

匆匆

　　燕子去了，有再来的时候；杨柳枯了，有再青的时候；桃花谢了，有再开的时候。但是，聪明的，你告诉我，我们的日子为什么一去不复返呢？——是有人偷了他们罢：那是谁？又藏在何处呢？是他们自己逃走了罢：现在又到了哪里呢？

　　我不知道他们给了我多少日子；但我的手确乎是渐渐空虚了。在默默地算着，八千多日子已经从我手中溜去；像针尖上一滴水滴在大海里，我的日子滴在时间的流里，没有声音，也没有影子。我不禁头涔涔而泪潸潸了。

　　去的尽管去了，来的尽管来着；去来的中间，又怎样地匆匆呢？早上我起来的时候，小屋里射进两三方斜斜的太阳。太阳他有脚啊，轻轻悄悄地挪移了；我也茫茫然跟着旋转。于是——洗手的时候，日子从水盆里过去；吃饭的时候，日子从饭碗里过去；默默时，便从凝然的双眼前过去。我觉察他去的匆匆了，伸出手遮挽时，他又从遮挽着的手边过去，

踪迹·论雅俗共赏

天黑时，我躺在床上，他便伶伶俐俐地从我身上跨过，从我脚边飞去了。等我睁开眼和太阳再见，这算又溜走了一日。我掩着面叹息。但是新来的日子的影儿又开始在叹息里闪过了。

在逃去如飞的日子里，在千门万户的世界里的我能做些什么呢？只有徘徊罢了，只有匆匆罢了；在八千多日的匆匆里，除徘徊外，又剩些什么呢？过去的日子如轻烟，被微风吹散了，如薄雾，被初阳蒸融了；我留着些什么痕迹呢？我何曾留着像游丝样的痕迹呢？我赤裸裸来到这世界，转眼间也将赤裸裸的回去罢？但不能平的，为什么偏要白白走这一遭啊？

你聪明的，告诉我，我们的日子为什么一去不复返呢？

一九二二年三月二十八日。

侮辱

"请客气些！
设法一个舱位！"
"哼哼——
没有，没有！
你认得字罢？
看这张定单！——
不要紧——不用忙；
坐坐；
我筛杯茶你喝了去——"
他无端地以冷笑嘲弄我，
意外地以言语压迫我；
我也是有血的，
怎能不涨红了脸呢？
可是——也说不出什么，
只喃喃了两声，

便愤愤然走了。

　　我觉得所失远在舱位以上了!

我觉得所感远在愤怒以上了!

被遗弃的孤寂哪,

无友爱的空虚哪:

我心寒了,

我心死了!

　　却猛然间想到,

昨晚的台州!

逼窄的小舱里,

黄晕的灯光下,

朋友们的十二分的好意!

便轻易忘记了么?

我真是罪过的人哪。

于是——我心头又微微温转来了;

于是——我才能苟延残喘于人间世了!

　　　　　　一九二二年四月二八日,海门上海船中。

宴罢

拉着，扯着，——让着，
我们团团坐下了。
"请罢，
请罢！"
杯子都举了，
筷子都举了。
酽酽的黄酒，
腻的腻的鱼和肉；
喷鼻儿香！
真喷鼻儿香！
还得拉拢着，
还得照顾着：
笑容掬在了脸上；
话到口边时，
淡也淡的味儿！

酒够了！
菜足了！
脸红了，
头晕了；
胃膨胀了，
人微微地倦了。

倦了的眼前，
才有了倦了的阿庆！
他可不止"微微地"倦了；
大粒的汗珠涔涔在他额上，
涔涔下便是饥与惫的颜色。
安置杯箸是他，
斟酒是他，
捧茶是他，
递茶和烟是他，
绞手巾也是他；
我们团坐着，
他尽团团转着！
杯盘的狼藉，
果物的零乱，
他还得张罗着哩，
在饥且惫了以后。

于是我觉得僭妄了，
今天真的侮辱了阿庆！
也侮辱了沿街住着的

吃咸菜红米饭的朋友!

而阿庆的如常的小心在意,

更教我惊诧,

甚至沉重地向我压迫着哩!

    我们都倦了!

我们都病了!

为了什么呢?

为了什么呢?

        一九二二年五月,台州所感,作于杭州。

仅存的

发上依稀的残香里，
我看见渺茫的昨日的影子——
远了，远了。

一九二二年七月，杭州。

小舱中的现代

　　"洋糖百合稀饭，

三个铜板一碗，

那个吃的？"

"竹耳扒，破费你老人家一个板；

只当空手耍的！"

"吃面吧，那个吃饺面吧？"

"潮糕要吧？开船早哩！"

"行好的大先生，你可怜可怜我们娘儿俩啵——

肚子饿了好两天罗！"

"梨子，一角钱五个，不甜不要钱！"

"到扬州住那一家？

照顾我们吧；

有小房间，二角八分一天！"

"看份报销消遣？"

"花生，高粱酒吧？"

"铜锁要把？带一把家去送送人！"

"郭郭郭郭"，一叠春画儿闪过我的眼前；

卖者眼里的声音，"要吧！"

"快开头了，贱卖啦。

梨子，一角钱八个，那个要哩？"

  拥拥挤挤堆堆叠叠间，

只剩了尺来宽的道儿；

在溷浊而紧张的空气里，

一个个畸异的人形

憧憧地赶过了——

梯子上下来，

梯子上上去。

上去，上去！

下来，下来！

灰与汗涂着张张黄面孔，

炯炯的有饥饿的眼光；

笑的两颊，

叫的口

检点的手，

更都有着异样的展开的曲线，

显出努力的痕迹；

就像饿了的野兽们本能地想攫着些鲜血和肉一般，

他们也被什么驱迫着似的，

想攫着些黯淡的铜板，白亮的角子！

  在他们眼里，

舱里拥挤着的堆叠着的，
正是些铜元和角子！——
只饰着人形罢了，
只饰着人形罢了。
可是他们试试攫取的时候，
人形们也居然反抗了；
于是开始了那一番战斗！
小舱变了战场，
他们变了战士，
我们是被看做了敌人！
从他们的叫嚣里，
我听出杀杀的喊呼；
从他们的顾盼里，
我觉出索索的颤抖；
从他们的招徕里，
我看出他们受伤似地挣扎；
而掠夺的贪婪，
对待的残酷，
隐约在他们间，
也正和在沙场士兵们间一样！
这也是大战了哩。
　　我，参战的一员，
从小舱的一切里，
这样，这样，
悄然认识了那窒着息似的现代了。

一九二二年七月二十一日，
镇江扬州小轮中所感，三十日作于扬州。

毁灭

　　六月间在杭州。因湖上三夜的畅游，教我觉得飘飘然如轻烟，如浮云，丝毫立不定脚跟。常时颇以诱惑的纠缠为苦，而亟亟求毁灭。情思既涌，心想留些痕迹。但人事忙忙，总难下笔。暑假回家，却写了一节；但时日迁移，兴致已不及从前好了。九月间到此，续写成初稿；相隔更久，意态又差。直到今日，才算写定，自然是没劲儿的！所幸心境还不曾大变，当日情怀，还能竭力追摹，不至很有出入；姑存此稿，以备自己的印证。

　　　　　　　　　　　一九二二年十二月九日晚记。

　　踯躅在半路里，
　垂头丧气的，
　是我，是我！
　五光吧，

十色吧，

罗罗在咫尺之间：

这好看的呀！

那好听的呀！

闻着的是浓浓的香，

尝着的是腻腻的味；

况手所触的，

身所依的，

都是滑泽的，

都是松软的！

靡靡然！

怎奈何这靡靡然？——

被推着，

被挽着，

长只在俯俯仰仰间，

何曾做得一分半分儿主？

在了梦里，

在了病里；

只差清醒白醒的时候！

白云中有我，

天风的飘飘，

深渊里有我，

伏流的滔滔；

只在青青的，青青的土泥上，

不曾印着浅浅的，隐隐约约的，我的足迹！

我流离转徙，

我流离转徙；

脚尖儿踏呀，

却踏不上自己的国土！

在风尘里老了，

在风尘里衰了，

仅存一个懒恹恹的身子，

几堆黑簇簇的影子！

幻灭的开场，

我尽思尽想：

"亲亲的，虽渺渺的，

我的故乡——我的故乡！

回去！回去！"

　　虽有茫茫的淡月，

笼着静悄悄的湖面，

雾露蒙蒙的，

雾露蒙蒙的；

仿仿佛佛的群山，

正安排着睡了。

萤火虫在雾里找不着路，

只一闪一闪地乱飞。

谁却放荷花灯哩？

"哈哈哈哈……"

"嚇嚇嚇嚇……"

夹着一缕低低的箫声，

踪迹·论雅俗共赏

近处的青蛙也便响起来了。

是被摇荡着，

是被牵惹着，

说已睡在"月姊姊的臂膊"里了；

真的，谁能不飘飘然而去呢？

但月儿其实是寂寂的，

萤火虫也不曾和我亲近，

欢笑更显然是他们的了。

只是箫声，

曾引起几番的惆怅；

但也是全不相干的，

箫声只是箫声罢了。

摇荡是你的，

牵惹是你的，

他们各走各的道儿，

谁理睬你来？

横竖做不成朋友，

缠缠绵绵有些什么！

孤零零的，

冷清清的，

没味儿，没味儿！

还是掉转头，

走你自家的路。

回去！回去！

　　虽有雪样的衣裙，

现已翩翩地散了，

仿佛清明日子烧剩的白的纸钱灰。

那活活像小河般流着的双眼，

含蓄过多少意思，蕴藏过多少话句的，

也干涸了，

干到像烈日下的沙漠。

漆黑的发，

成了蓬蓬的秋草；

吹弹得破的面孔，

也只剩一张褐色的蜡型。

况花一般的笑是不见一痕儿，

珠子一般的歌喉是不透一丝儿！

眼前是光光的了，

总只有光光的了。

撇开吧

还撇些什么！

回去！回去！

　　虽有如云的朋友，

互相夸耀着，

互相安慰着，

高谈大笑里

送了多少的时日；

而饮啖的豪迈，

游踪的密切，

岂不像繁茂的花枝，

踪迹·论雅俗共赏

赤热的火焰哩！
这样被说在许多口里，
被知在许多心里的，
谁还能相忘呢？
但一丢开手，
事情便不同了：
翻来是云，
覆去是雨，
别过脸，
掉转身，
认不得当年的你！——
原只是一时遣着兴罢了，
谁当真将你放在心头呢？
于是剩了些淡淡的名字——
莽莽苍苍里，
便留下你独个，
四围都是空气罢了，
四围都是空气罢了！
还是摸索着回去吧；
那里倒许有自己的弟兄姊妹
切切地盼望着你。
回去！回去！
　　虽有巧妙的玄言，
像天花的纷坠；
在我双眼的前头，

展示渺渺如轻纱的憧憬——
引着我飘呀，飘呀，
直到三十三天之上。
我拥在五色云里，
灰色的世间在我的脚下——
小了，更小了，
远了，几乎想也想不到了。
但是下界的罡风
总归呼呼地倒旋着，
吹入我丝丝的肌里！
摇摇荡荡的我
倘是跌下去呵，
将像泄着气的轻气球，
被人践踏着顽儿，
只余嗤嗤的声响！
况倒卷的罡风，
也将像三尖两刃刀，
劈分我的肌里呢？——
我将被肢解在五色云里；
甚至化一阵烟，
袅袅地散了。
我战栗着，
"念天地之悠悠"……
回去！回去！
　　虽有饿着的肚子，

拘挛着的手，

乱蓬蓬秋草般长着的头发，

凹进的双眼，

和软软的脚，

尤其灵弱的心；

都引着我下去，

直向底里去，

教我抽烟，

教我喝酒，

教我看女人。

但我在迷迷恋恋里，

虽然混过了多少时刻，

只不让步的是我的现在，

他不容你不理他！

况我也终于不能支持那迷恋人的，

只觉肢体的衰颓，

心神的飘忽，

便在迷恋的中间，

也潜滋暗长着哩！

真不成人样的我

就这般轻轻地速朽了么？

不！不！

趁你未成残废的时候，

还可用你仅有的力量！

回去！回去！

虽有死仿佛像白衣的小姑娘，
提着灯笼在前面等我，
又仿佛像黑衣的力士，
擎着铁锤在后面逼我——
在我烦忧着就将降临的败家的凶惨，
和一年来骨肉间的仇视，
（互以血眼相看着）的时候；
在我为两肩上的人生的担子
压到不能喘气，
又眼见我的收获
渺渺如远处的云烟的时候；
在我对着黑黝黝又白漠漠的将来？
不知取怎样的道路，
却尽徘徊于迷悟之纠纷的时候：
那时候她和他便隐隐显现了，
像有些什么，
又像没有——
凭这样的不可捉摸的神气，
真尽够教我向往了。
去，去，
去到她的，他的怀里吧。
好了，她望我招手了，
他也望我点头了。……
但是，但是，
她和他正都是生客，

踪迹·论雅俗共赏

教我有些放心不下；
他们的手飘浮在空气里，
也太渺茫了，
太难把握了，
教我怎好和他们相接呢？
况死之国又是异乡，
知道它什么土宜哟！
只有在生之原上，
我是熟悉的；
我的故乡在记忆里的，
虽然有些模糊了，
但它的轮廓我还是透熟的，——
哎呀！故乡它不正张着两臂迎我吗？
瓜果是熟的有味，
地方和朋友也是熟的有味；
小姑娘呀，
黑衣的力士呀，
我宁愿回我的故乡，
我宁愿回我的故乡；
回去！回去！

　　归来的我挣扎挣扎，
拨烟尘而见自己的国土！
什么影像都泯没了，
什么光芒都收敛了；
摆脱掉纠缠，

还原了一个平平常常的我！
从此我不再仰眼看青天，
不再低头看白水，
只谨慎着我双双的脚步；
我要一步步踏在土泥上，
打上深深的脚印！
虽然这些印迹是极微细的，
且必将磨灭的，
虽然这迟迟的行步
不称那迢迢无尽的程途，
但现在平常而渺小的我，
只看到一个个分明的脚步，
便有十分的欣悦——
那些远远远远的
是再不能，也不想理会的了。
别耽搁吧，
走！走！走！

细雨

东风里，
掠过我脸边，
星呀星的细雨，
是春天的绒毛呢。

一九二三年三月八日。

香

　　"闻着梅花香么？" ——
徜徉在山光水色中的我们，
陡然都默契着了。

　　　　　　　一九二四年一月二日，温州作。

别后

我和你分手以后，
的确有了长进了！
大杯的喝酒，
整匣的抽烟，
这都是从前没有的。
喝了酒昏昏的睡，
烟的香真好——
我的手指快黄了，
有味，有味。
因为在这些时候，
忘了你，
也忘了我自己！

成日坐在有刺的椅上，
老想起来走；
空空的房子，

冷的开水，
冷的被窝——
峭厉的春寒呀，
我怀中的人呢？
　　你们总是我的，
我却将你们冷冷的丢在那地方，
没有依靠的地方！
我是你唯一的依靠，
但我又是靠不住的；
我悬悬的
便是这个。
我是个千不行万不行的人，
但我总还是你的人！——
唉！我又要抽烟了。

　　　　　　　　　　一九二四年三月，宁波作。

赠 A. S.

　　你的手像火把，
你的眼像波涛，
你的言语如石头，
怎能使我忘记呢?
　　你飞渡洞庭湖，
你飞渡扬子江；
你要建红色的天国在地上！
地上是荆棘呀，
地上是狐兔呀，
地上是行尸呀；
你将为一把快刀，
披荆斩棘的快刀！
你将为一声狮子吼，
狐兔们披靡奔走！
你将为春雷一震，

让行尸们惊醒！

　　我爱看你的骑马，

在尘土里驰骋——

一会儿，不见踪影！

我爱看你的手杖，

那铁的铁的手杖；

它有颜色，有斤两，有铮铮的声响！

我想你是一阵飞沙走石的狂风，

要吹倒那不能摇撼的黄金的王宫！

那黄金的王宫！

呜……吹呀！

　　去年一个夏天大早我见着你：

你何其憔悴呢？

你的眼还涩着，

你的发太长了！

但你的血的热加倍地薰灼着！

在灰泥里辗转的我，

仿佛被焙炙着一般！——

你如郁烈的雪茄烟，

你如酽酽的白兰地，

你如通红通红的辣椒，

我怎能忘记你呢？

一九二四年四月十五日，宁波作。

踪迹·论雅俗共赏

风尘

——兼赠 F 君

　　莽莽的罡风，
将我吹入黄沙的梦中。
天在我头上旋转，
星辰都像飞舞的火鸦了！
地在我脚下回旋，
山河都向着我滚滚而来了！
乱沙打在我面上时，
我才略略认识了自己；
我的眼好容易微微的张开——
好利害的沙呀！
砖石变成了鸽子纷纷的飞；
朦胧的绿树大刷帚似的
从我脚边扫过去；
新插的秧针简直是软毛刷

刷在我的颊上，腻腻儿的。

牛马呀！牛马呀！

都飞起来了！

人呢，人也飞起来了——

墓中的死者也飞起来了！

呀，我在那儿呀？

也飞着哩！也飞着哩！

呀，F君，你呢？你呢？

也在什么地方飞吧？

来携手呀，

我们都在黄沙的梦里呀，

我们都在黄沙的梦里呀！

一九二四年五月二十八日，驿亭宁波车中。

踪迹·论雅俗共赏

第二辑　散文

歌声

　　昨晚中西音乐歌舞大会里"中西丝竹和唱"的三曲清歌，真令我神迷心醉了。

　　仿佛一个暮春的早晨，霏霏的毛雨默然洒在我脸上，引起润泽，轻松的感觉。新鲜的微风吹动我的衣袂，像爱人的鼻息吹着我的手一样。我立的一条白矾石的甬道上，经了那细雨，正如涂了一层薄薄的乳油；踏着只觉越发滑腻可爱了。

　　这是在花园里。群花都还做她们的清梦。那微雨偷偷洗去她们的尘垢，她们的甜软的光泽便自焕发了。在那被洗去的浮艳下，我能看到她们在有日光时所深藏着的恬静的红，冷落的紫，和苦笑的白与绿。以前锦绣般在我眼前的，现在都带了黯淡的颜色。——是愁着芳春的销歇么？是感着芳春的困倦么？

　　大约也因那蒙蒙的雨，园里没了浓郁的香气。涓涓的东风只吹来一缕缕饿了似的花香；夹带着些潮湿的草丛的气息和泥土的滋味。园外田亩和沼泽里，又时时送过些新插的秧，少壮的麦，和成阴的柳树的清新的蒸气。这些虽非甜美，却能强烈地刺激我的鼻观，使我有愉快的倦怠之感。

看啊，那都是歌中所有的：我用耳，也用眼，鼻，舌，身，听着；也用心唱着。我终于被一种健康的麻痹袭取了。于是为歌所有。此后只由歌独自唱着，听着；世界上便只有歌声了。

一九二一年十一月三日，上海。

桨声灯影里的秦淮河

　　一九二三年八月的一晚，我和平伯同游秦淮河；平伯是初泛，我是重来了。我们雇了一只"七板子"，在夕阳已去，皎月方来的时候，便下了船。于是桨声汩——汩，我们开始领略那晃荡着蔷薇色的历史的秦淮河的滋味了。

　　秦淮河里的船，比北京万牲园、颐和园的船好，比西湖的船好，比扬州瘦西湖的船也好。这几处的船不是觉着笨，就是觉着简陋、局促；都不能引起乘客们的情韵，如秦淮河的船一样。秦淮河的船约略可分为两种：一是大船；一是小船，就是所谓"七板子"。大船舱口阔大，可容二三十人。里面陈设着字画和光洁的红木家具，桌上一律嵌着冰凉的大理石面。窗格雕镂颇细，使人起柔腻之感。窗格里映着红色蓝色的玻璃；玻璃上有精致的花纹，也颇悦人目。"七板子"规模虽不及大船，但那淡蓝色的栏干，空敞的舱，也足系人情思。而最出色处却在它的舱前。舱前是甲板上的一部。上面有弧形的顶，两边用疏疏的栏干支着。里面通常放着两张藤的躺椅。躺下，可以谈天，可以望远，可以顾盼两岸的河房。大船上也有这个，便在小船上更觉清隽罢了。舱前的顶下，一律悬着灯彩；灯的多少，明暗，彩苏的精粗，艳晦，是不一的。但好歹总还你一个灯彩。这灯彩实在是最能钩人的东西。夜幕垂垂地下来时，大小船上都点起灯火。从两重玻璃里映出那辐射着的黄黄的散光，反晕出一片朦胧的烟霭；透过这烟霭，在黯黯的水波里，又逗起缕缕的明漪。在这薄霭和微漪里，听着那悠然的间歇的桨声，谁能不被引入他的美梦去呢？只愁梦太多了，这些大小船儿如何载得起呀？我们这时模模糊糊的谈着明末的秦淮河的艳迹，如《桃花扇》及《板桥杂记》里所载的。我们真神往了。我们仿佛亲见那时华灯映水，画舫凌波的光景了。于是我们的船便成了历史的重载了。我们终于恍然秦淮河的船所以雅丽过于他处，而又有奇异的吸引力的，实在是许多历史的影象使然了。

秦淮河的水是碧阴阴的；看起来厚而不腻，或者是六朝金粉所凝么？我们初上船的时候，天色还未断黑，那漾漾的柔波是这样的恬静，委婉，使我们一面有水阔天空之想，一面又憧憬着纸醉金迷之境。等到灯火明时，阴阴的变为沉沉了：黯淡的水光，像梦一般；那偶然闪烁着的光芒，就是梦的眼睛了。我们坐在舱前，因了那隆起的顶棚，仿佛总是昂着首向前走着似的；于是飘飘然如御风而行的我们，看着那些自在的湾泊着的船，船里走马灯般的人物，便像是下界一般，迢迢的远了，又像在雾里看花，尽朦朦胧胧的。这时我们已过了利涉桥，望见东关头了。沿路听见断续的歌声：有从沿河的妓楼飘来的，有从河上船里度来的。我们明知那

些歌声，只是些因袭的言词，从生涩的歌喉里机械的发出来的；但它们经了夏夜的微风的吹漾和水波的摇拂，袅娜着到我们耳边的时候，已经不单是她们的歌声，而混着微风和河水的密语了。于是我们不得不被牵惹着，震撼着，相与浮沉于这歌声里了。从东关头转弯，不久就到大中桥。大中桥共有三个桥拱，都很阔大，俨然是三座门儿；使我们觉得我们的船和船里的我们，在桥下过去时，真是太无颜色了。桥砖是深褐色，表明它的历史的长久；但都完好无缺，令人太息于古昔工程的坚美。桥上两旁都是木壁的房子，中间应该有街路？这些房子都破旧了，多年烟熏的迹，遮没了当年的美丽。我想像秦淮河的极盛时，在这样宏阔的桥上，特地盖了房子，必然是髹漆得富富丽丽的；晚间必然是灯火通明的。现在却只剩下一片黑沉沉！但是桥上造着房子，毕竟使我们多少可以想见往日的繁华；这也慰情聊胜无了。过了大中桥，便到了灯月交辉，笙歌彻夜的秦淮河；这才是秦淮河的真面目哩。

大中桥外，顿然空阔，和桥内两岸排着密密的人家的大异了。一眼望去，疏疏的林，淡淡的月，衬着蓝蔚的天，颇像荒江野渡光景；那边呢，郁丛丛的，阴森森的，又似乎藏着无边的黑暗：令人几乎不信那是繁华的秦淮河了。但是河中眩晕着的灯光，纵横着的画舫，悠扬着的笛韵，夹着那吱吱的胡琴声，终于使我们认识绿如茵陈酒的秦淮水了。此地天裸露着的多些，故觉夜来的独迟些；从清清的水影里，我们感到的只是薄薄的夜——这正是秦淮河的夜。大中桥外，本来还有一座复成桥，是船夫口中的我们的游踪尽处，或也是秦淮河繁华的尽处了。我的脚曾踏过复成桥的脊，在十三四岁的时候。但是两次游秦淮河，却都不曾见着复成桥的面；明知总在前途的，却常觉得有些虚无缥缈似的。我想，不见倒也好。这时正是盛夏。我们下船后，借着新生的晚凉和河上的微风，暑气已渐渐销散；到了此地，豁然开朗，身子顿然轻了——习习的清风荏苒在面上，手上，衣上，这便又感到了一缕新凉了。南京的日光，大概没有杭州猛烈；西湖的夏夜老是热蓬蓬的，水像沸着一般，秦淮河的水却尽是这样冷冷地绿着。任你人影的憧憧，歌声的扰扰，总像隔着一层薄薄的绿纱面幂似的；它尽是这样静静的，冷冷的绿着。我们出了大中桥，走不上半里路，船夫便将船划到一旁，停了桨由它宕着。他以为那里正是繁华的极点，再过去就是荒凉了；所以让我们多多赏鉴一会儿。他自己却静静的蹲着。他是看惯这光景的了，大约只是一个无可无不可。这无可无不可，无论是升的沉的，总之，都比我们高了。

　　那时河里闹热极了；船大半泊着，小半在水上穿梭似的来往。停泊着的都在近市的那一边，我们的船自然也夹在其中。因为这边略略的挤，便觉得那边十分的疏了。在每一只船从那边过去时，我们能画出它的轻轻的影和曲曲的波，在我们的心上；这显着是空，且显着是静了。那时处处都是歌声和凄厉的胡琴声，圆润的喉咙，确乎是很少的。但那生涩的，尖脆的调子能使人有少年的，粗率不拘的感觉，也正可快我们的意。况且多少隔开些儿听着，因为想像与渴慕的做美，总觉更有滋味；而竞发的喧嚣，抑扬的不齐，远近的杂沓，和乐器的嘈嘈切切，合成另一意味的谐音，也使我们无

踪迹·论雅俗共赏

所适从，如随着大风而走。这实在因为我们的心枯涩久了，变为脆弱；故偶然润泽一下，便疯狂似的不能自主了。但秦淮河确也腻人。即如船里的人面，无论是和我们一堆儿泊着的，无论是从我们眼前过去的，总是模模糊糊的，甚至渺渺茫茫的；任你张圆了眼睛，揩净了眦垢，也是枉然。这真够人想呢。在我们停泊的地方，灯光原是纷然的；不过这些灯光都是黄而有晕的。黄已经不能明了，再加上了晕，便更不成了。灯愈多，晕就愈甚；在繁星般的黄的交错里，秦淮河仿佛笼上了一团光雾。光芒与雾气腾腾的晕着，什么都只剩了轮廓了；所以人面的详细的曲线，便消失于我们的眼底了。但灯光究竟夺不了那边的月色；灯光是浑的，月色是清的，在浑沌的灯光里，渗入了一派清辉，却真是奇迹！那晚月儿已瘦削了两三分。她晚妆才罢，盈盈的上了柳梢头。天是蓝得可爱，仿佛一汪水似的；月儿便更出落得精神了。岸上原有三株两株的垂杨树，淡淡的影子，在水里摇曳着。它们那柔细的枝条浴着月光，就像一支支美人的臂膊，交互的缠着，挽着；又像是月儿披着的发。而月儿偶然也从它们的交叉处偷偷窥看我们，大有小姑娘怕羞的样子。岸上另有几株不知名的老树，光光的立着；在月光里照起来。却又俨然是精神矍铄的老人。远处——快到天际线了，才有一两片白云，亮得现出异彩，像美丽的贝壳一般。白云下便是黑黑的一带轮廓；是一条随意画的不规则的曲线。这一段光景，和河中的风味大异。但灯与月竟能并存着，交融着，使月成了缠绵的月，灯射着渺渺的灵辉；这正是天之所以厚秦淮河，也正是天之所以厚我们了。

这时却遇着了难解的纠纷。秦淮河上原有一种歌妓，是以歌为业的。从前都在茶舫上，唱些大曲之类。每日午后一时起；什么时候止，却忘记了。晚上照样也有一回。也在黄晕的灯光里。我从前过南京时，曾随着朋友去听过两次。因为茶舫里的人脸太多了，觉得不大适意，终于听不出所以然。前年听说歌妓被取缔了，不知怎的，颇涉想了几次——却想不出什么。这次到南京，先到茶舫上去看看，觉得颇是寂寥，令我无端的怅怅了。不料她们却仍在秦淮河里挣扎着，不料她们竟会纠缠到我们，我于是很张皇了。她们也乘着"七板子"，她们总是坐在舱前的。舱前点着石油汽灯，光亮炫人眼目：坐在下面的，自然是纤毫毕见了——引诱客人们的力量，也便在此了。舱里躲着乐工等人，映着汽灯的余辉蠕动着；他们是永远不被注意的。每船的歌妓大约都是二人；天色一黑，她们的船就在大中桥外往来不息的兜生意。无论行着的船，泊着的船，都要来兜揽的。这都是我后来推想出来的。那晚不知怎样，忽然轮着我们的船了。我们的船好好的停着，一只歌舫划向我们来的；渐渐和我们的船并着了。铄铄的灯光逼得我们皱起了眉头；我们的风尘色全给它托出来了，这使我踧踖不安了。那时一个伙计跨过船来，拿着摊开的歌折，就近塞向我的手里，说，"点几出吧"！他跨过来的时候，我们船上似乎有许多眼光跟着。同时相近的别的船上也似乎有许多眼睛炯炯的向我们船上看着。我真窘了！我也装出大方的样子，向歌妓们瞥了一眼，但究竟是不成的！我勉强将那歌折翻了一翻，却不曾看清了几个字；便赶紧递还那伙计，一面不好意思地说，"不要，我们……不要。"他便塞给平伯。

平伯掉转头去，摇手说，"不要！"那人还腻着不走。平伯又回过脸来，摇着头道，"不要！"于是那人重到我处。我窘着再拒绝了他。他这才有所不屑似的走了。我的心立刻放下，如释了重负一般。我们就开始自白了。

　　我说我受了道德律的压迫，拒绝了她们；心里似乎很抱歉的。这所谓抱歉，一面对于她们，一面对于我自己。她们于我们虽然没有很奢的希望；但总有些希望的。我们拒绝了她们，无论理由如何充足，却使她们的希望受了伤；这总有几分不做美了。这是我觉得很怅怅的。至于我自己，更有一种不足之感。我这时被四面的歌声诱惑了，降服了；但是远远的，远远的歌声总仿佛隔着重衣搔痒似的，越搔越搔不着痒处。我于是憧憬着贴耳的妙音了。在歌舫划来时，我的憧憬，变为盼望；我固执的盼望着，有如饥渴。虽然从浅薄的经验里，也能够推知，那贴耳的歌声，将剥去了一切的美妙；但一个平常的人像我的，谁愿凭了理性之力去丑化未来呢？我宁愿自己骗着了。不过我的社会感性是很敏锐的；我的思力能拆穿道德律的西洋镜，而我的感情却终于被它压服着，我于是有所顾忌了，尤其是在众目昭彰的时候。道德律的力，本来是民众赋予的；在民众的面前，自然更显出它的威严了。我这时一面盼望，一面却感到了两重的禁制：一、在通俗的意义上，接近妓者总算一种不正当的行为；二、妓是一种不健全的职业，我们对于她们，应有哀矜勿喜之心，不应赏玩的去听她们的歌。在众目睽睽之下，这两种思想在我心里最为旺盛。她们暂时压倒了我的听歌的盼望，这便成就了我的灰色的拒绝。那时的心实在异常状态中，觉得颇是昏乱。歌舫去了，暂时宁靖之后，我的思绪又如潮涌了。两个相反的意思在我心头往复：卖歌和卖淫不同，听歌和狎妓不同，又干道德甚事？——但是，但是，她们既被逼的以歌为业，她们的歌必无艺术味的；况她们的身世，我们究竟该同情的。所以拒绝倒也是正办。但这些意思终于不曾撒开我的听歌的盼望。它力量异常坚强；它总想将别的思绪踏在脚下。从这重重的争斗里，我感到了浓厚的不足之感。这不足之感使我的心盘旋不安，起坐都不安宁了。唉！我承认我是一个自私的人！平伯呢，却与我不同。他引周启明先生的诗，"因为我有妻子，所以我爱一切的女人，因为我有子女，所以我爱一切的孩子"。他的意思可以见了。他因为推及的同情，爱着那些歌妓，并且尊重着她们，所以拒绝了她们。在这种情形下，他自然以为听歌是对于她们的一种侮辱。但他也是想听歌的，虽然不和我一样，所以在他的心中，当然也有一番小小的争斗；争斗的结果，是同情胜了。至于道德律，在他是没有什么的；因为他很有蔑视一切的倾向，民众的力量在他是不大觉着的。这时他的心意的活动比较简单，又比较松弱，故事后还怡然自若；我却不能了。这里平伯又比我高了。

在我们谈话中间，又来了两只歌舫。伙计照前一样的请我们点戏，我们照前一样的拒绝了。我受了三次窘，心里的不安更甚了。清艳的夜景也为之减色。船夫大约因为要赶第二趟生意，催着我们回去；我们无可无不可的答应了。我们渐渐和那些晕黄的灯光远了，只有些月色冷清清的随着我们的归舟。我们的船竟没个伴儿，秦淮河的夜正长哩！到大中桥近处，才遇着一只来船。这是一只载妓的板船，黑漆漆的

没有一点光。船头上坐着一个妓女；暗里看出，白地小花的衫子，黑的下衣。她手里拉着胡琴，口里唱着青衫的调子。她唱得响亮而圆转；当她的船箭一般驶过去时，余音还袅袅的在我们耳际，使我们倾听而向往。想不到在弩末的游踪里，还能领略到这样的清歌！这时船过大中桥了，森森的水影，如黑暗张着巨口，要将我们的船吞了下去。我们回顾那渺渺的黄光，不胜依恋之情；我们感到了寂寞了！这一段地方夜色甚浓，又有两头的灯火招邀着；桥外的灯火不用说了，过了桥另有东关头疏疏的灯火。我们忽然仰头看见依人的素月，不觉深悔归来之早了！走过东关头，有一两只大船湾泊着，又有几只船向我们来着。嚣嚣的一阵歌声人语，仿佛笑我们无伴的孤舟哩。东关头转湾，河上的夜色更浓了；临水的妓楼上，时时从帘缝里射出一线一线的灯光；仿佛黑暗从酣睡里眨了一眨眼。我们默然的对着，静听那汩——汩的桨声，几乎要入睡了；朦胧里却温寻着适才的繁华的余味。我那不安的心在静里愈显活跃了！这时我们都有了不足之感，而我的更其浓厚。我们却又不愿回去，于是只能由懊悔而怅惘了。船里便满载着怅惘了。直到利涉桥下，微微嘈杂的人声，才使我豁然一惊；那光景却又不同。右岸的河房里，都大开了窗户，里面亮着晃晃的电灯，电灯的光射到水上，蜿蜒曲折，闪闪不息，正如跳舞着的仙女的臂膊。我们的船已在她的臂膊里了；如睡在摇篮里一样，倦了的我们便又入梦了。那电灯下的人物，只觉像蚂蚁一般，更不去萦念。这是最后的梦，可惜是最短的梦！黑暗重复落在我们面前，我们看见傍岸的空船上一星两星的，枯燥无力又摇摇不定的灯光。我们的梦醒了，我们知道就要上岸了；我们心里充满了幻灭的情思。

一九二三年十月十一日作完，于温州。

踪迹·论雅俗共赏

温州的踪迹

一 "月朦胧，鸟朦胧，帘卷海棠红"

这是一张尺多宽的小小的横幅，马孟容君画的。上方的左角，斜着一卷绿色的帘子，稀疏而长；当纸的直处三分之一，横处三分之二。帘子中央，着一黄色的，茶壶嘴似的钩儿——就是所谓软金钩么？"钩弯"垂着双穗，石青色；丝缕微乱，若小曳于轻风中。纸右一圆月，淡淡的青光遍满纸上；月的纯净，柔软与平和，如一张睡美人的脸。从帘的上端向右斜伸而下，是一枝交缠的海棠花。花叶扶疏，上下错落着，共有五丛；或散或密，都玲珑有致。叶嫩绿色，仿佛掐得出水似的；在月光中掩映着，微微有浅深之别。花正盛开，红艳欲流；黄色的雄蕊历历的，闪闪的。衬托在丛绿之间，格外觉着妖娆了。枝欹斜而腾挪，如少女的一只臂膊。枝上歇着一对黑色的八哥，背着月光，向着帘里。一只歇得高些，小小的眼儿半睁半闭的，似乎在入梦之前，还有所留恋似的。那低些的一只别过脸来对着这一只，已缩着颈儿睡了。帘下是空空的，不着一些痕迹。

　　试想在圆月朦胧之夜，海棠是这样的妩媚而嫣润；枝头的好鸟为什么却双栖而各梦呢？在这夜深人静的当儿，那高踞着的一只八哥儿，又为何尽撑着眼皮儿不肯睡去呢？他到底等什么来着？舍不得那淡淡的月儿么？舍不得那疏疏的帘儿么？不，不，不，您得到帘下去找，您得向帘中去找——您该找着那卷帘人了？他的情韵风怀，原是这样这样的哟！朦胧的岂独月呢；岂独鸟呢？但是，咫尺天涯，教我如何耐得？我拼着千呼万唤；你能够出来么？

　　这页画布局那样经济，设色那样柔活，故精彩足以动人。虽是区区尺幅，而情韵之厚，已足沦肌浃髓而有余。我看了这画。瞿然而惊：留恋之怀，不能自已。故将所感受的印象细细写出，以志这一段因缘。但我于中西的画都是门外汉，所说的话不免为内行所笑。——那也只好由他了。

　　　　　　　　　　　　一九二四年二月一日，温州作。

二　绿

　　我第二次到仙岩的时候，我惊诧于梅雨潭的绿了。

　　梅雨潭是一个瀑布潭。仙岩有三个瀑布，梅雨瀑最低。走到山边，便听见花花花花的声音；抬起头，镶在两条湿湿的黑边儿里的，一带白而发亮的水便呈现于眼前了。我们先到梅雨亭。梅雨亭正对着那条瀑布；坐在亭边，不必仰头，便可见它的全体了。亭下深深的便是梅雨潭。这个亭踞在突

出的一角的岩石上，上下都空空儿的；仿佛一只苍鹰展着翼翅浮在天宇中一般。三面都是山，像半个环儿拥着；人如在井底了。这是一个秋季的薄阴的天气。微微的云在我们顶上流着；岩面与草丛都从润湿中透出几分油油的绿意。而瀑布也似乎分外的响了。那瀑布从上面冲下，仿佛已被扯成大小的几绺；不复是一幅整齐而平滑的布。岩上有许多棱角；瀑流经过时，作急剧的撞击，便飞花碎玉般乱溅着了。那溅着的水花，晶莹而多芒；远望去，像一朵朵小小的白梅，微雨似的纷纷落着。据说，这就是梅雨潭之所以得名了。但我觉得像杨花，格外确切些。轻风起来时，点点随风飘散，那更是杨花了。——这时偶然有几点送入我们温暖的怀里，便倏的钻了进去，再也寻它不着。

梅雨潭闪闪的绿色招引着我们；我们开始追捉她那离合的神光了。揪着草，攀着乱石，小心探身下去，又鞠躬过了一个石穹门，便到了汪汪一碧的潭边了。瀑布在襟袖之间；但我的心中已没有瀑布了。我的心随潭水的绿而摇荡。那醉人的绿呀！仿佛一张极大极大的荷叶铺着，满是奇异的绿呀。我想张开两臂抱住她；但这是怎样一个妄想呀。——站在水边，望到那面，居然觉着有些远呢！这平铺着，厚积着的绿，着实可爱。她松松的皱缬着，像少妇拖着的裙幅；她轻轻的摆弄着，像跳动的初恋的处女的心；她滑滑的明亮着，像涂了"明油"一般，有鸡蛋清那样软，那样嫩，令人想着所曾触过的最嫩的皮肤；她又不杂些儿尘滓，宛然一块温润的碧玉，只清清的一色——但你却看不透她！我曾见过北京什刹海拂地的绿杨，脱不了鹅黄的底子，似乎太淡了。我又曾见过杭州虎跑寺近旁高峻而深密的"绿壁"，丛叠着无穷的碧草与绿叶的，那又似乎太浓了。其余呢，西湖的波太明了，秦淮河的也太暗了。可爱的，我将什么来比拟你呢？我怎么比拟得出呢？大约潭是很深的，故能蕴蓄着这样奇异的绿；仿佛蔚蓝的天融了一块在里面似的，这才这般的鲜润呀。——那醉人的绿呀！我若能裁你以为带，我将赠给那轻盈的舞女；她必能临风飘举了。我若能挹你以为眼，我将赠给那善歌的盲妹；她必明眸善睐了。我舍不得你；我怎舍得你呢？我用手拍着你，抚摩着你，如同一个十二三岁的小姑娘。我又掬你入口，便是吻着她了。我送你一个名字，我从此叫你"女儿绿"，好么？

我第二次到仙岩的时候，我不禁惊诧于梅雨潭的绿了。

二月八日，温州作。

三　白水漈

几个朋友伴我游白水漈。

这也是个瀑布；但是太薄了，又太细了。有时闪着些须的白光；等你定睛看去，却又没有——只剩一片飞烟而已。从前有所谓"雾縠"，大概就是这样了。所以如此，全由于岩石中间突然空了一段；水到那里，无可凭依，凌虚飞下，便扯得又薄又细了。当那空处，最是奇迹。白光嬗为飞烟，已是影子，有时却连影子也不见。有时微风过来，用纤手挽着那影子，它便袅袅的成了一个软弧；但她的手才松，它又像

橡皮带儿似的，立刻伏伏帖帖的缩回来了。我所以猜疑，或者另有双不可知的巧手，要将这些影子织成一个幻网。——微风想夺了她的，她怎么肯呢？

幻网里也许织着诱惑；我的依恋便是个老大的证据。

三月十六日，宁波作。

四 生命的价格——七毛钱

生命本来不应该有价格的；而竟有了价格！人贩子，老鸨，以至近来的绑票土匪，都就他们的所有物，标上参差的价格，出卖于人；我想将来许还有公开的人市场呢！在种种"人货"里，价格最高的，自然是土匪们的票了，少则成千，多则成万；大约是有历史以来，"人货"的最高的行情了。其次是老鸨们所有的妓女，由数百元到数千元，是常常听到的。最贱的要算是人贩子的货色！他们所有的，只是些男女小孩，只是些"生货"，所以便卖不起价钱了。

人贩子只是"仲买人"，他们还得取给于"厂家"，便是出卖孩子们的人家。"厂家"的价格才真是道地呢！《青光》里曾有一段记载，说三块钱买了一个丫头；那是移让过来的，但价格之低，也就够令人惊诧了！"厂家"的价格，却还有更低的！三百钱，五百钱买一个孩子，在灾荒时不算难事！但我不曾见过。我亲眼看见的一条最贱的生命是七毛钱买来的！这是一个五岁的女孩子。一个五岁的"女孩子"卖七毛钱，也许不能算是最贱；但请您细看：将一条生命的自由和七枚小银元各放在天平的一个盘里，您将发现，正如九头牛与一根牛毛一样，两个盘儿的重量相差实在太远了！

　　我见这个女孩，是在房东家里。那时我正和孩子们吃饭；妻走来叫我看一件奇事，七毛钱买来的孩子！孩子端端正正的坐在条凳上；面孔黄黑色，但还丰润；衣帽也还整洁可看。我看了几眼，觉得和我们的孩子也没有什么差异；我看不出她的低贱的生命的符记——如我们看低贱的货色时所容易发见的符记。我回到自己的饭桌上，看看阿九和阿菜，始终觉得和那个女孩没有什么不同！但是，我毕竟发见真理了！我们的孩子所以高贵，正因为我们不曾出卖他们，而那个女孩所以低贱，正因为她是被出卖的；这就是她只值七毛钱的缘故了！呀，聪明的真理！

　　妻告诉我这孩子没有父母，她哥嫂将她卖给房东家姑爷开的银匠店里的伙计，便是带着她吃饭的那个人。他似乎没有老婆，手头很窘的，而且喜欢喝酒，是一个糊涂的人！我想这孩子父母若还在世，或者还舍不得卖她，至少也要迟几年卖她；因为她究竟是可怜可怜的小羔羊。到了哥嫂的手里，情形便不同了！家里总不宽裕，多一张嘴吃饭，多费些布做衣，是显而易见的。将来人大了，由哥嫂卖出，究竟是为难的；说不定还得找补些儿，才能送出去。这可多么冤呀！不如趁小的时候，谁也不注意，做个人情，送了干净！您想，温州不算十分穷苦的地方，也没碰着大荒年，干什么得了七个小毛钱，就心甘情愿的将自己的小妹子捧给人家呢？说等钱用？谁也不信！七毛钱了得什么急事！温州又不是没人买的！大约买卖两方本来相知；那边恰要个孩子顽儿，这边也

乐得出脱，便半送半卖的含糊定了交易。我猜想那时伙计向袋里一摸一股脑儿掏了出来，只有七毛钱！哥哥原也不指望着这笔钱用，也就大大方方收了完事。于是财货两交，那女孩便归伙计管业了！

这一笔交易的将来，自然是在运命手里；女儿本姓"碰"，由她去碰罢了！但可知的，命运决不加惠于她！第一幕的戏已启示于我们了！照妻所说，那伙计必无这样耐心，抚养她成人长大！他将像豢养小猪一样，等到相当的肥壮的时候，便卖给屠户，任他宰割去；这其间他得了赚头，是理所当然的！但屠户是谁呢？在她卖做丫头的时候，便是主人！"仁慈的"主人只宰割她相当的劳力，如养羊而剪它的毛一样。到了相当的年纪，便将她配人。能够这样，她虽然被掷在丫头坯里，却还算不幸中之幸哩！但在目下这钱世界里，如此大方的人究竟是少的；我们所见的，十有六七是刻薄人！她若卖到这种人手里，他们必拶榨她过量的劳力。供不应求时，便骂也来了，打也来了！等她成熟时，却又好转卖给人家作妾；平常拶榨的不够，这儿又找补一个尾子！偏生这孩子模样儿又不好；入门不能得丈夫的欢心，容易遭大妇的凌虐，又是显然的！她的一生，将消磨于眼泪中了！也有些主人自己收婢作妾的；但红颜白发，也只空断送了她的一生！和前例相较，只是五十步与百步而已。——更可危的，她若被那伙计卖在妓院里，老鸨才真是个令人肉颤的屠户呢！我们可以想到：她怎样逼她学弹学唱，怎样驱遣她去做粗活！怎样用藤筋打她，用针刺她！怎样督责她承欢卖笑！她怎样吃残羹冷饭！怎样打熬着不得睡觉！怎样终于生了一身毒疮！她

的相貌使她只能做下等妓女；她的沦落风尘是终生的！她的
悲剧也是终生的！——唉！七毛钱竟买了你的全生命——你
的血肉之躯竟抵不上区区七个小银元么！生命真太贱了！生
命真太贱了！

　　因此想到自己的孩子的运命，真有些胆寒！钱世界里的
生命市场存在一日，都是我们孩子的危险！都是我们孩子的
侮辱！您有孩子的人呀，想想看，这是谁之罪呢？这是谁之
责呢？

　　　　　　　　　　　　　　　　四月九日，宁波作。

踪迹·论雅俗共赏

航船中的文明

第一次乘夜航船,从绍兴府桥到西兴渡口。

绍兴到西兴本有汽油船。我因急于来杭,又因年来逐逐于火车轮船之中,也想"回到"航船里,领略先代生活的异样的趣味;所以不顾亲戚们的坚留和劝说(他们说航船里是很苦的),毅然决然的于下午六时左右下了船。有了"物质文明"的汽油船,却又有"精神文明"的航船,使我们徘徊其间,左右顾而乐之,真是二十世纪中国人的幸福了!

航船中的乘客大都是小商人;两个军弁是例外。满船没有一个士大夫;我区区或者可充个数儿,——因为我曾读过几年书,又忝为大夫之后——但也是例外之例外!真的,那班士大夫到哪里去了呢?这不消说得,都到了轮船里去了!士大夫虽也擎着大旗拥护精神文明,但千虑不免一失,竟为那物质文明的孙儿,满身洋油气的小顽意儿骗得定定的,忍心害理的撇了那老相好。于是航船虽然照常行驶,而光彩已减少许多!这确是一件可以慨叹的事;而"国粹将亡"的呼声，似也不是徒然的了。呜呼，是谁之咎欤？

　　既然来到这"精神文明"的航船里，正可将船里的精神文明考察一番，才不虚此一行。但从哪里下手呢？这可有些为难，踌躇之间，恰好来了一个女人。——我说"来了"，仿佛亲眼看见，而孰知不然；我知道她"来了"，是在听见她尖锐的语音的时候。至于她的面貌，我至今还没有看见呢。这第一要怪我的近视眼，第二要怪那袭人的暮色，第三要怪——哼——要怪那"男女分坐"的精神文明了。女人坐在前面，男人坐在后面；那女人离我至少有两丈远，所以便不可见其脸了。且慢，这样左怪右怪，"其词若有憾焉"，你们或者猜想那女人怎样美呢。而孰知又大大的不然！我也曾"约略的"看来，都是乡下的黄面婆而已。至于尖锐的语音，那是少年的妇女所常有的，倒也不足为奇。然而这一次，那来了的女人的尖锐的语音竟致劳动区区的执笔者，却又另有缘故。在那语音里，表示出对于航船里精神文明的抗议；她说，"男人女人都是人！"她要坐到后面来，（因前面太挤，实无他故，合并声明，）而航船里的"规矩"是不许的。船家拦住她，她仗着她不是姑娘了，便老了脸皮，大着胆子，慢慢的说了那句话。她随即坐在原处，而"批评家"的议论繁然了。一个船家在船沿上走着，随便的说，"男人女人都是人，是的，不错。做秤钩的也是铁，做秤锤的也是铁，做铁锚的也是铁，都是铁呀！"这一段批评大约十分巧妙，说出诸位"批评家"所要说的，于是众喙都息，这便成了定论。至于那女人，事实上早已坐下了；"孤掌难鸣"，或者她饱饫了诸位"批评家"的宏论，也不要鸣了罢。"是非之心"，虽然"人皆有之"，而

踪
迹
·
论
雅
俗
共
赏

撑船经商者流，对于名教之大防，竟能剖辨得这样"详明"，也着实亏他们了。中国毕竟是礼义之邦，文明之古国呀！——我悔不该乱怪那"男女分坐"的精神文明了！

"祸不单行"，凑巧又来了一个女人。她是带着男人来的。——呀，带着男人！正是；所以才"祸不单行"呀！——说得满口好绍兴的杭州话，在黑暗里隐隐露着一张白脸；带着五六分城市气。船家照他们的"规矩"，要将这一对儿生剌剌的分开；男人不好意思做声，女的却抢着说，"我们是'一堆生'的！"太亲热的字眼，竟在"规规矩矩的"航船里说了！于是船家命令的嚷道："我们有我们的规矩，不管你'一堆生'不'一堆生'的！"大家都微笑了。有的沉吟的说："一堆生的？"有的惊奇的说："一'堆'生的！"有的嘲讽的说："哼，一堆生的！"在这四面楚歌里，凭你怎样伶牙俐齿，也只得服从了！"妇者，服也"，这原是她的本行呀。只看她毫不置辩，毫不懊恼，还是若无其事的和人攀谈，便知她确乎是"服也"了。这不能不感谢船家和乘客诸公"卫道"之功；而论功行赏，船家尤当首屈一指。呜呼，可以风矣！

在黑暗里征服了两个女人，这正是我们的光荣；而航船中的精神文明，也粲然可见了——于是乎书。

一九二四年五月三日。

论雅俗共赏

序

　　本书共收关于文艺的论文十四篇，除三篇外都是去年下半年作的。其中《美国的朗诵诗》和《常识的诗》作于三十四年。前者介绍达文鲍特的《我的国家》一篇长诗，那时我在昆明，还见不到原书，只根据几种刊物拼凑起来，翻译点儿，发挥点儿。后来杨周翰先生译出全书，由美国新闻处印行。杨先生送了我一本，译文很明白。——书名我原来译作《我的国》，《我的国家》是用的杨先生的译名。离开昆明的时候，我将那本书和别的许多书一齐卖掉了，现在想来怪可惜的。诗里强调故威尔基先生的"四海一家"那个意念。看看近年来美国的所作所为，真的禁不住"感慨系之"！

　　《论逼真与如画》，二十三年写过这个题目，发表在《文学》的《中国文学研究专号》里。那篇不满二千字的短文，是应了郑西谛兄的约一晚上赶着写成的，材料都根据《佩文韵府》，来不及检查原书。文中也明说了"钞《佩文韵府》"。记得西谛兄还笑着向我说："何必说'钞《佩文韵府》'呢？

踪迹・论雅俗共赏

只举出原书的名目也可以的。"这回重读那篇小文，仔细思考，觉得有些不同的意见；又将《佩文韵府》引的材料与原书核对，竟发现有一条是错的，有一条是靠不住的。因此动手重写，写成了比旧作长了一倍有余；又给加了一个副题目《关于传统的对于自然和艺术的态度的一个考察》，希望这个啰里啰嗦的副题目能够表示这两个批评用语的重要性，以及自己企图从现代的立场上来了解传统的努力。

所谓现代的立场，按我的了解，可以说就是"雅俗共赏"的立场，也可以说是偏重俗人或常人的立场，也可以说是近于人民的立场。书中各篇论文都在朝着这个方向说话。《论雅俗共赏》放在第一篇，并且用作书名，用意也在此。各篇论文的排列，按性质的异同，不按写作的先后；最近的写作是《论老实话》。《鲁迅先生的杂感》一篇，是给《燕京新闻》作的鲁迅先生逝世十一周年纪念论文，太简单了，本来打算不收入本书的，一位朋友却说鲁迅先生好比大海，大海是不拒绝细流的，他劝我留着；我就敝帚自珍的留着了。

本书各篇都曾分别发表各刊物上。现在将各刊物的名称记在文章的末尾，聊以表示谢意。

朱自清
三十七年二月，北平清华园。

论雅俗共赏

陶渊明有"奇文共欣赏，疑义相与析"的诗句，那是一些"素心人"的乐事，"素心人"当然是雅人，也就是士大夫。这两句诗后来凝结成"赏奇析疑"一个成语，"赏奇析疑"是一种雅事，俗人的小市民和农家子弟是没有份儿的。然而又出现了"雅俗共赏"这一个成语，"共赏"显然是"共欣赏"的简化，可是这是雅人和俗人或俗人跟雅人一同在欣赏，那欣赏的大概不会还是"奇文"罢。这句成语不知道起于什么时代，从语气看来，似乎雅人多少得理会到甚至迁就着俗人的样子，这大概是在宋朝或者更后罢。

原来唐朝的安史之乱可以说是我们社会变迁的一条分水岭。在这之后，门第迅速的垮了台，社会的等级不像先前那样固定了，"士"和"民"这两个等级的分界不像先前的严格和清楚了，彼此的分子在流通着，上下着。而上去的比下来的多，士人流落民间的究竟少，老百姓加入士流的却渐渐多起来。王侯将相早就没有种了，读书人到了这时候也没有种

了；只要家里能够勉强供给一些，自己有些天分，又肯用功，就是个"读书种子"；去参加那些公开的考试，考中了就有官做，至少也落个绅士。这种进展经过唐末跟五代的长期的变乱加了速度，到宋朝又加上印刷术的发达，学校多起来了，士人也多起来了，士人的地位加强，责任也加重了。这些士人多数是来自民间的新的分子，他们多少保留着民间的生活方式和生活态度。他们一面学习和享受那些雅的，一面却还不能摆脱或蜕变那些俗的。人既然很多，大家是这样，也就不觉其寒碜；不但不觉其寒碜，还要重新估定价值，至少也得调整那旧来的标准与尺度。"雅俗共赏"似乎就是新提出的尺度或标准，这里并非打倒旧标准，只是要求那些雅士理会到或迁就些俗士的趣味，好让大家打成一片。当然，所谓"提出"和"要求"，都只是不自觉的看来是自然而然的趋势。

中唐的时期，比安史之乱还早些，禅宗的和尚就开始用口语记录大师的说教。用口语为的是求真与化俗，化俗就是争取群众。安史乱后，和尚的口语记录更其流行，于是乎有了"语录"这个名称，"语录"就成为一种著述体了。到了宋朝，道学家讲学，更广泛的留下了许多语录；他们用语录，也还是为了求真与化俗，还是为了争取群众。所谓求真的"真"，一面是如实和直接的意思。禅家认为第一义是不可说的语言文字都不能表达那无限的可能，所以是虚妄的。然而实际上语言文字究竟是不免要用的一种"方便"，记录文字自然越近实际的、直接的说话越好。在另一面这"真"又是自然的意思，自然才亲切，才让人容易懂，也就是更能收到化俗的功效，更能获得广大的群众。道学主要的是中国的正统的思想，道学家用了语录做工具，大大的增强了这种新的文体的地位，语录就成为一种传统了。比语录体稍稍晚些，还出现了一种宋朝叫做"笔记"的东西。这种作品记述有趣味的杂事，范围很宽，一方面发表作者自己的意见，所谓议论，也就是批评，这些批评往往也很有趣味。作者写这种书，只当做对客闲谈，并非一本正经，虽然以文言为主，可是很接近说话。这也是给大家看的，看了可以当做"谈助"，增加趣味。宋朝的笔记最发达，当时盛行，流传下来的也很多。目录家将这种笔记归在"小说"项下，近代书店汇印这些笔记，更直题为"笔记小说"；中国古代所谓"小说"，原是指记述杂事的趣味作品而言的。

那里我们得特别提到唐朝的"传奇"。"传奇"据说可以见出作者的"史才、诗、笔、议论"，是唐朝士子在投考进士以前用来送给一些大人先生看，介绍自己，求他们给自己宣传的。其中不外乎灵怪、艳情、剑侠三类故事，显然是以供给"谈助"，引起趣味为主。无论照传统的意念，或现代的意念，这些"传奇"无疑的是小说，一方面也和笔记的写作态度有相类之处。照陈寅恪先生的意见，这种"传奇"大概起于民间，文士是仿作，文字里多口语化的地方。陈先生并且说唐朝的古文运动就是从这儿开始。他指出古文运动的领导者韩愈的《毛颖传》，正是仿"传奇"而作。我们看韩愈的"气盛言宜"的理论和他的参差错落的文句，也正是多多少少在口语化。他的门下的"好难"、"好易"两派，似乎原来也都是在试验如何口语化。可是"好难"的一派过分强调了自己，过分想出奇制胜，不管一般人能够了解欣赏与否，终于

被人看做"诡"和"怪"而失败，于是宋朝的欧阳修继承了
"好易"的一派的努力而奠定了古文的基础。——以上说的种
种，都是安史乱后几百年间自然的趋势，就是那雅俗共赏的
趋势。

宋朝不但古文走上了"雅俗共赏"的路，诗也走向这条
路。胡适之先生说宋诗的好处就在"做诗如说话"，一语破的
指出了这条路。自然，这条路上还有许多曲折，但是就像不
好懂的黄山谷，他也提出了"以俗为雅"的主张，并且点化
了许多俗语成为诗句。实践上"以俗为雅"，并不从他开始，
梅圣俞、苏东坡都是好手，而苏东坡更胜。据记载，梅和苏
都说过"以俗为雅"这句话，可是不大靠得住；黄山谷却在
《再次杨明叔韵》一诗的"引"里郑重的提出"以俗为雅，以
故为新"，说是"举一纲而张万目"。他将"以俗为雅"放在
第一，因为这实在可以说是宋诗的一般作风，也正是"雅俗
共赏"的路。但是加上"以故为新"，路就曲折起来，那是雅
人自赏，黄山谷所以终于不好懂了。不过黄山谷虽然不好懂，
宋诗却终于回到了"做诗如说话"的路，这"如说话"，的确
是条大路。

雅化的诗还不得不回向俗化，刚刚来自民间的词，在当
时不用说自然是"雅俗共赏"的。别瞧黄山谷的有些诗不好
懂，他的一些小词可够俗的。柳耆卿更是个通俗的词人。词
后来虽然渐渐雅化或文人化，可是始终不能雅到诗的地位，
它怎么着也只是"诗馀"。词变为曲，不是在文人手里变，是
在民间变的；曲又变得比词俗，虽然也经过雅化或文人化，
可是还雅不到词的地位，它只是"词馀"。一方面从晚唐和尚

的俗讲演变出来的宋朝的"说话"就是说书，乃至后来的平话以及章回小说，还有宋朝的杂剧和诸宫调等等转变成功的元朝的杂剧和戏文，乃至后来的传奇，以及皮簧戏，更多半是些"不登大雅"的"俗文学"。这些除元杂剧和后来的传奇也算是"词馀"以外，在过去的文学传统里简直没有地位；也就是说这些小说和戏剧在过去的文学传统里多半没有地位，有些有点地位，也不是正经地位。可是虽然俗，大体上却"俗不伤雅"，虽然没有什么地位，却总是"雅俗共赏"的玩艺儿。

"雅俗共赏"是以雅为主的，从宋人的"以俗为雅"以及常语的"俗不伤雅"，更可见出这种宾主之分。起初成群俗士蜂拥而上，固然逼得原来的雅士不得不理会到甚至迁就着他们的趣味，可是这些俗士需要摆脱的更多。他们在学习，在享受，也在蜕变，这样渐渐适应那雅化的传统，于是乎新旧打成一片，传统多多少少变了质继续下去。前面说过的文体和诗风的种种改变，就是新旧双方调整的过程，结果迁就的渐渐不觉其为迁就，学习的也渐渐习惯成了自然，传统的确稍稍变了质，但是还是文言或雅言为主，就算跟民众近了一些，近得也不太多。

至于词曲，算是新起于俗间，实在以音乐为重，文辞原是无关轻重的；"雅俗共赏"，正是那音乐的作用。后来雅士们也曾分别将那些文辞雅化，但是因为音乐性太重，使他们不能完成那种雅化，所以词曲终于不能达到诗的地位。而曲一直配合着音乐，雅化更难，地位也就更低，还低于词一等。可是词曲到了雅化的时期，那"共赏"的人却就雅多而俗少了。真正"雅俗共赏"的是唐、五代、北宋的词，元朝的散

· 105 ·

踪迹·论雅俗共赏

曲和杂剧，还有平话和章回小说以及皮簧戏等。皮簧戏也是音乐为主，大家直到现在都还在哼着那些粗俗的戏词，所以雅化难以下手，虽然一二十年来这雅化也已经试着在开始。平话和章回小说，传统里本来没有，雅化没有合式的榜样，进行就不易。《三国演义》虽然用了文言，却是俗化的文言，接近口语的文言，后来的《水浒》、《西游记》、《红楼梦》等就都用白话了。不能完全雅化的作品在雅化的传统里不能有地位，至少不能有正经的地位。雅化程度的深浅，决定这种地位的高低或有没有，一方面也决定"雅俗共赏"的范围的小和大——雅化越深，"共赏"的人越少，越浅也就越多。所谓多少，主要的是俗人，是小市民和受教育的农家子弟。在传统里没有地位或只有低地位的作品，只算是玩艺儿；然而这些才接近民众，接近民众却还能教"雅俗共赏"，雅和俗究竟有共通的地方，不是不相理会的两橛了。

单就玩艺儿而论，"雅俗共赏"虽然是以雅化的标准为主，"共赏"者却以俗人为主。固然，这在雅方得降低一些，在俗方也得提高一些，要"俗不伤雅"才成；雅方看来太俗，以至于"俗不可耐"的，是不能"共赏"的。但是在什么条件之下才会让俗人所"赏"的，雅人也能来"共赏"呢？我们想起了"有目共赏"这句话。孟子说过"不知子都之姣者，无目者也"，"有目"是反过来说，"共赏"还是陶诗"共欣赏"的意思。子都的美貌，有眼睛的都容易辨别，自然也就能"共赏"了。孟子接着说："口之于味也，有同嗜焉；耳之于声也，有同听焉；目之于色也，有同美焉。"这说的是人之常情，也就是所谓人情不相远。但是这不相远似乎只限于一些具体的、常识的、现实的事物和趣味。譬如北平罢，故宫和颐和园，包括建筑，风景和陈列的工艺品，似乎是"雅俗共赏"的，天桥在雅人的眼中似乎就有些太俗了。说到文章，俗人所能"赏"的也只是常识的，现实的。后汉的王充出身是俗人，他多多少少代表俗人说话，反对难懂而不切实用的辞赋，却赞美公文能手。公文这东西关系雅俗的现实利益，始终是不曾完全雅化了的。再说后来的小说和戏剧，有的雅人说《西厢记》诲淫，《水浒传》诲盗，这是"高论"。实际上这一部戏剧和这一部小说都是"雅俗共赏"的作品。《西厢记》无视了传统的礼教，《水浒传》无视了传统的忠德，然而"男女"是"人之大欲"之一，"官逼民反"，也是人之常情，梁山泊的英雄正是被压迫的人民所想望的。俗人固然同情这些，一部分的雅人，跟俗人相距还不太远的，也未尝不高兴这两部书说出了他们想说而不敢说的。这可以说是一种快感，一种趣味，可并不是低级趣味；这是有关系的，也未尝不是有节制的。"诲淫""诲盗"只是代表统治者的利益的说话。

十九世纪二十世纪之交是个新时代，新时代给我们带来了新文化，产生了我们的知识阶级。这知识阶级跟从前的读书人不大一样，包括了更多的从民间来的分子，他们渐渐跟统治者拆伙而走向民间。于是乎有了白话正宗的新文学，词曲和小说戏剧都有了正经的地位。还有种种欧化的新艺术。这种文学和艺术却并不能让小市民来"共赏"，不用说农工大众。于是乎有人指出这是新绅士也就是新雅人的欧化，不管一般人能够了解欣赏与否。他们提倡"大众语"运动。但是时机还没有成熟，结果不显著。抗战以来又有"通俗化"运

踪迹·论雅俗共赏

动，这个运动并已经在开始转向大众化。"通俗化"还分别雅
俗，还是"雅俗共赏"的路，大众化却更进一步要达到那没
有雅俗之分，只有"共赏"的局面。这大概也会是所谓由量
变到质变罢。

(《观察》)

论百读不厌

前些日子参加了一个讨论会，讨论赵树理先生的《李有才板话》。座中一位青年提出了一件事实：他读了这本书觉得好，可是不想重读一遍。大家费了一些时候讨论这件事实。有人表示意见，说不想重读一遍，未必减少这本书的好，未必减少它的价值。但是时间匆促，大家没有达到明确的结论。一方面似乎大家也都没有重读过这本书，并且似乎从没有想到重读它。然而问题不但关于这一本书，而是关于一切文艺作品。为什么一些作品有人"百读不厌"，另一些却有人不想读第二遍呢？是作品的不同吗？是读的人不同吗？如果是作品不同，"百读不厌"是不是作品评价的一个标准呢？这些都值得我们思索一番。

苏东坡有《送章惇秀才失解西归》诗，开头两句是：

旧书不厌百回读，
熟读深思子自知。

"百读不厌"这个成语就出在这里。"旧书"指的是经典，所以要"熟读深思"。《三国志·魏志·王肃传·注》：

> 人有从（董遇）学者，遇不肯教，而云"必当先读
> 百遍"，言"读书百遍而义自见"。

经典文字简短，意思深长，要多读，熟读，仔细玩味，才能了解和体会。所谓"义自见"，"子自知"，着重自然而然，这是不能着急的。这诗句原是安慰和勉励那考试失败的章惇秀才的话，劝他回家再去安心读书，说"旧书"不嫌多读，越读越玩味越有意思。固然经典值得"百回读"，但是这里着重的还在那读书的人。简化成"百读不厌"这个成语，却就着重在读的书或作品了。这成语常跟另一成语"爱不释手"配合着，在读的时候"爱不释手"，读过了以后"百读不厌"。这是一种赞词和评语，传统上确乎是一个评价的标准。当然，"百读"只是"重读""多读""屡读"的意思，并不一定一遍接着一遍的读下去。

经典给人知识，教给人怎样做人，其中有许多语言的、历史的、修养的课题，有许多注解，此外还有许多相关的考证，读上百遍，也未必能够处处贯通，教人多读是有道理的。但是后来所谓"百读不厌"，往往不指经典而指一些诗，一些文，以及一些小说；这些作品读起来津津有味，重读，屡读也不腻味，所以说"不厌"；"不厌"不但是"不讨厌"，并且是"不厌倦"。诗文和小说都是文艺作品，这里面也有一些语言的和历史的课题，诗文也有些注解和考证；小

说方面呢，却直到近代才有人注意这些课题，于是也有了种种考证。但是过去一般读者只注意诗文的注解，不大留心那些课题，对于小说更其如此。他们集中在本文的吟诵或浏览上。这些人吟诵诗文是为了欣赏，甚至于只为了消遣，浏览或阅读小说更只是为了消遣，他们要求的是趣味，是快感。这跟诵读经典不一样。诵读经典是为了知识，为了教训，得认真，严肃，正襟危坐的读，不像读诗文和小说可以马马虎虎的，随随便便的，在床上，在火车轮船上都成。这么着可还能够教人"百读不厌"，那些诗文和小说到底是靠了什么呢？

在笔者看来，诗文主要是靠了声调，小说主要是靠了情节。过去一般读者大概都会吟诵，他们吟诵诗文，从那吟诵的声调或吟诵的音乐得到趣味或快感，意义的关系很少；只要懂得字面儿，全篇的意义弄不清楚也不要紧的。梁启超先生说过李义山的一些诗，虽然不懂得究竟是什么意思，可是读起来还是很有趣味（大意）。这种趣味大概一部分在那些字面儿的影像上，一部分就在那七言律诗的音乐上。字面儿的影象引起人们奇丽的感觉；这种影像所表示的往往是珍奇，华丽的景物，平常人不容易接触到的，所谓"七宝楼台"之类。民间文艺里常常见到的"牙床"等等，也正是这种作用。民间流行的小调以音乐为主，而不注重词句，欣赏也偏重在音乐上，跟吟诵诗文也正相同。感觉的享受似乎是直接的，本能的，即使是字面儿的影象所引起的感觉，也还多少有这种情形，至于小调和吟诵，更显然直接诉诸听觉，难怪容易唤起普遍的趣味和快感。至于意义的欣赏，得靠综合诸感觉

踪迹·论雅俗共赏

的想象力，这个得有长期的教养才成。然而就像教养很深的梁启超先生，有时也还让感觉领着走，足见感觉的力量之大。

小说的"百读不厌"，主要的是靠了故事或情节。人们在儿童时代就爱听故事，尤其爱奇怪的故事。成人也还是爱故事，不过那情节得复杂些。这些故事大概总是神仙、武侠、才子、佳人，经过种种悲欢离合，而以大团圆终场。悲欢离合总得不同寻常，那大团圆才足奇。小说本来起于民间，起于农民和小市民之间。在封建社会里，农民和小市民是受着重重压迫的，他们没有多少自由，却有做白日梦的自由。他们寄托他们的希望于超现实的神仙，神仙化的武侠，以及望之若神仙的上层社会的才子佳人；他们希望有朝一日自己会变成了这样的人物。这自然是不能实现的奇迹，可是能够给他们安慰、趣味和快感。他们要大团圆，正因为他们一辈子是难得大团圆的，奇情也正是常情啊。他们同情故事中的人物，"设身处地"的"替古人担忧"，这也因为事奇人奇的原故。过去的小说似乎始终没有完全移交到士大夫的手里。士大夫读小说，只是看闲书，就是作小说，也只是游戏文章，总而言之，消遣而已。他们得化装为小市民来欣赏，来写作；在他们看，小说奇于事实，只是一种玩艺儿，所以不能认真、严肃，只是消遣而已。

封建社会渐渐垮了，五四时代出现了个人，出现了自我，同时成立了新文学。新文学提高了文学的地位；文学也给人知识，也教给人怎样做人，不是做别人的，而是做自己的人。可是这时候写作新文学和阅读新文学的，只是那变了质的下降的士和那变了质的上升的农民和小市民混合成的知识阶级，别的人是不愿来或不能来参加的。而新文学跟过去的诗文和小说不同之处，就在它是认真的负着使命。早期的反封建也罢，后来的反帝国主义也罢，写实的也罢，浪漫的和感伤的也罢，文学作品总是一本正经的在表现着并且批评着生活。这么着文学扬弃了消遣的气氛，回到了严肃——古代贵族的文学如《诗经》，倒本来是严肃的。这负着严肃的使命的文学，自然不再注重"传奇"，不再注重趣味和快感，读起来也得正襟危坐，跟读经典差不多，不能再那么马马虎虎，随随便便的。但是究竟是形象化的，诉诸情感的，跟经典以冰冷的抽象的理智的教训为主不同，又是现代的白话，没有那些语言的和历史的问题，所以还能够吸引许多读者自动去读。不过教人"百读不厌"甚至教人想去重读一遍的作品，的确是很少了。

新诗或白话诗，和白话文，都脱离了那多多少少带着人工的、音乐的声调，而用着接近说话的声调。喜欢古诗、律诗和骈文、古文的失望了，他们尤其反对这不能吟诵的白话新诗；因为诗出于歌，一直不曾跟音乐完全分家，他们是不愿扬弃这个传统的。然而诗终于转到意义中心的阶段了。古代的音乐是一种说话，所谓"乐语"，后来的音乐独立发展，变成"好听"为主了。现在的诗既负上自觉的使命，它得说出人人心中所欲言而不能言的，自然就不注重音乐而注重意义了。——一方面音乐大概也在渐渐注重意义，回到说话罢？——字面儿的影象还是用得着，不过一般的看起来，影象本身，不论是鲜明的，朦胧的，可以独立的诉诸感觉的，是不够吸引人了；影象如果必需得用，就要配合全诗的各部

踪迹·论雅俗共赏

分完成那中心的意义，说出那要说的话。在这动乱时代，人们着急要说话，因为要说的话实在太多。小说也不注重故事或情节了，它的使命比诗更见分明。它可以不靠描写，只靠对话，说出所要说的。这里面神仙、武侠、才子、佳人，都不大出现了，偶然出现，也得打扮成平常人；是的，这时代的小说的人物，主要的是些平常人了，这是平民世纪啊。至于文，长篇议论文发展了工具性，让人们更如意的也更精密的说出他们的话，但是这已经成为诉诸理性的了。诉诸情感的是那发展在后的小品散文，就是那标榜"生活的艺术"，抒写"身边琐事"的。这倒是回到趣味中心，企图着教人"百读不厌"的，确乎也风行过一时。然而时代太紧张了，不容许人们那么悠闲；大家嫌小品文近乎所谓"软性"，丢下了它去找那"硬性"的东西。

文艺作品的读者变了质了，作品本身也变了质了，意义和使命压下了趣味，认识和行动压下了快感。这也许就是所谓"硬"的解释。"硬性"的作品得一本正经的读，自然就不容易让人"爱不释手"，"百读不厌"。于是"百读不厌"就不成其为评价的标准了，至少不成其为主要的标准了。但是文艺是欣赏的对象，它究竟是形象化的，诉诸情感的，怎么"硬"也不能"硬"到和论文或公式一样。诗虽然不必再讲那带几分机械性的声调，却不能不讲节奏，说话不也有轻重高低快慢吗？节奏合式，才能集中，才能够高度集中。文也有文的节奏，配合着意义使意义集中。小说是不注重故事或情节了，但也总得有些契机来表现生活和批评它；这些契机得费心思去选择和配合，才能够将那要说的话，要传达的意义，完整的说出来，传达出来。集中了的完整了的意义，才见出情感，才让人乐意接受，"欣赏"就是"乐意接受"的意思。能够这样让人欣赏的作品是好的，是否"百读不厌"，可以不论。在这种情形之下，笔者同意：《李有才板话》即使没有人想重读一遍，也不减少它的价值，它的好。

但是在我们的现代文艺里，让人"百读不厌"的作品也有的。例如鲁迅先生的《阿Q正传》，茅盾先生的《幻灭》、《动摇》、《追求》三部曲，笔者都读过不止一回，想来读过不止一回的人该不少罢。在笔者本人，大概是《阿Q正传》里的幽默和三部曲里的几个女性吸引住了我。这几个作品的好已经定论，它们的意义和使命大家也都熟悉，这里说的只是它们让笔者"百读不厌"的因素。《阿Q正传》主要的作用不在幽默，那三部曲的主要作用也不在铸造几个女性，但是这些却可能产生让人"百读不厌"的趣味。这种趣味虽然不是必要的，却也可以增加作品的力量。不过这里的幽默决不是油滑的，无聊的，也决不是为幽默而幽默，而女性也决不就是色情，这个界限是得弄清楚的。抗战期中，文艺作品尤其是小说的读众大大的增加了。增加的多半是小市民的读者，他们要求消遣，要求趣味和快感。扩大了的读众，有着这样的要求也是很自然的。长篇小说的流行就是这个要求的反应，因为篇幅长，故事就长，情节就多，趣味也就丰富了。这可以促进长篇小说的发展，倒是很好的。可是有些作者却因为这样的要求，忘记了自己的边界，放纵到色情上，以及粗劣的笑料上，去吸引读众，这只是迎合低级趣味。而读者贪读这一类低级的软性的作品，也只是沉溺，说不上"百读不厌"。

　　"百读不厌"究竟是个赞词或评语，虽然以趣味为主，总要是
纯正的趣味才说得上的。

（《文讯》月刊）

论逼真与如画

——关于传统的对于自然和艺术的态度的一个考察

　　"逼真"与"如画"这两个常见的批评用语，给人一种矛盾感。"逼真"是近乎真，就是像真的。"如画"是像画，像画的。这两个语都是价值的批评，都说是"好"。那么，到底是真的好呢？还是画的好呢？更教人迷糊的，像清朝大画家王鉴说的：

　　　　人见佳山水，辄曰"如画"，见善丹青，辄曰"逼真"。

　　　　　　　　　　　　　　　　　　（《染香庵跋画》）

丹青就是画。那么，到底是"如画"好呢？还是"逼真"好呢？照历来的用例，似乎两个都好，两个都好而不冲突，怎么会的呢？这两个语出现在我们的中古时代，沿用得很久，也很广，表现着这个民族对于自然和艺术的重要的态度。直到白话文通行之后，我们有了完备的成套的批评用语，这两

个语才少见了，但是有时还用得着，有时也翻成白话用着。

　　这里得先看看这两个语的历史。照一般的秩序，总是先有"真"后才有"画"，所以我们可以顺理成章的说"逼真与如画"——将"逼真"排在"如画"的前头。然而事实上似乎后汉就有了"如画"这个语，"逼真"却大概到南北朝才见。这两个先后的时代，限制着"画"和"真"两个词的意义，也就限制着这两个语的意义；不过这种用语的意义是会跟着时代改变的。《后汉书·马援传》里说他：

　　　　为人明须（髯）发，眉目如画。

唐朝李贤注引后汉的《东观记》说：

　　　　援长七尺五寸，色理发肤眉目容貌如画。

可见"如画"这个语后汉已经有了，南朝范晔作《后汉书·马援传》，大概就根据这类记载；他沿用"如画"这个形容语，没有加字，似乎直到南朝这个语的意义还没有什么改变。但是"如画"到底是什么意义呢？

　　我们知道直到唐初，中国画是以故事和人物为主的，《东观记》里的"如画"显然指的是这种人物画。早期的人物画由于工具的简单和幼稚，只能做到形状匀称与线条分明的地步，看武梁祠的画像就可以知道。画得匀称分明是画得好；人的"色理发肤眉目容貌如画"，是相貌生得匀称分明，也就是生得好。但是色理发肤似乎只能说分明，不能说匀称，范晔改为"明须发，眉目如画"，是很有道理的。匀称分明是常识的评价标准，也可以说是自明的标准，到后来就成了古典的标准。类书里还举出三国时代诸葛亮的《黄陵庙记》，其中叙到"乃见江左大山壁立，林麓峰峦如画"上文还有"睹江山之胜"的话。清朝严可均编辑的《全三国文》里说"此文疑依托"，大概是从文体或作风上看。笔者也觉得这篇记是后人所作。"江山之胜"这个意念到东晋才逐渐发展，三国时代是不会有的；而文体或作风又不像。文中"如画"一语，承接着"江山之胜"，已经是变义，下文再论。

"如画"是像画，原义只是像画的局部的线条或形体，可并不说像一个画面；因为早期的画还只以个体为主，作画的人对于整个的画面还没有清楚的意念。这个意念似乎到南北朝才清楚的出现。南齐谢赫举出画的六法，第五是"经营布置"，正是意识到整个画面的存在的证据。就在这个时代，有了"逼真"这个语，"逼真"是指的整个形状。如《水经注·沔水篇》说：

> 上粉县……堵水之旁……有白马山，山石似马，望之逼真。

这里"逼真"是说像真的白马一般。但是山石像真的白马又有什么好呢？这就牵连到这个"真"字的意义了。这个"真"固然指实物，可是一方面也是《老子》《庄子》里说的那个"真"，就是自然，另一方面又包含谢赫的六法的第一项"气韵生动"的意思，惟其"气韵生动"，才能自然，才是活的

不是死的。死的山石像活的白马，有生气，有生意，所以好。"逼真"等于俗语说的"活脱"或"活像"，不但像是真的，并且活像是真的。如果这些话不错，"逼真"这个意念主要的还是跟着画法的发展来的。这时候画法已经从匀称分明进步到模仿整个儿实物了。六法第二"骨法用笔"似乎是指的匀称分明，第五"经营布置"是进一步的匀称分明。第三"应物象形"，第四"随类傅彩"，第六"传模移写"，大概都在说出如何模仿实物或自然；最重要的当然是"气韵生动"，所以放在第一。"逼真"也就是近于自然，像画一般的模仿着自然，多多少少是写实的。

唐朝张怀瓘的《书断》里说：

> 太宗……尤善临古帖，殆于逼真。

这是说唐太宗模仿古人的书法，差不多活像，活像那些古人。不过这似乎不是模仿自然。但是书法是人物的一种表现，模仿书法也就是模仿人物；而模仿人物，如前所论，也还是模仿自然。再说我国书画同源，基本的技术都在乎"用笔"，书法模仿书法，跟画的模仿自然也有相通的地方。不过从模仿书法到模仿自然，究竟得拐上个弯儿。老是拐弯儿就不免只看见那作品而忘掉了那整个儿的人，于是乎"貌同心异"，模仿就成了死板板的描头画角了。书法不免如此，画也不免如此。这就不成其为自然。郭绍虞先生曾经指出道家的自然有"神化"和"神遇"两种境界。而"气韵生动"的"气韵"似乎原是音乐的术语借来论画的，这整个语一方面也接受了"神化"和"神遇"的意念，综合起来具体的说出，所以作为基本原则，排在六法的首位。但是模仿成了机械化，这个基本原则显然被忽视。为了强调它，唐朝人就重新提出那"神"的意念，这说是复古也未尝不可。于是张怀瓘开始将书家分为"神品""妙品""能品"，朱景元又用来论画，并加上了"逸品"。这神、妙、能、逸四品，后来成了艺术批评的通用标准，也是一种古典的标准。但是神、妙、逸三品都出于道家的思想，都出于玄心和达观，不出于常识，只有能品才是常识的标准。

重神当然就不重形，模仿不妨"貌异心同"；但是这只是就间接模仿自然而论。模仿别人的书画诗文，都是间接模仿自然，也可以说是艺术模仿艺术。直接模仿自然，如"山石似马"，可以说是自然模仿自然，就还得"逼真"才成。韩愈的《春雪间早梅》诗说：

　　　那是俱疑似，
　　　须知两逼真！

春雪活像早梅，早梅活像春雪，也是自然模仿自然，不过也是像画一般模仿自然。至于韩偓的诗：

　　　纵有才难咏，
　　　宁无画逼真！

说是虽然诗才薄弱，形容不出，难道不能画得活像！这指的

是女子的美貌，又回到了人物画，可以说是艺术模仿自然。这也是直接模仿自然，要求"逼真"，跟"山石似马"那例子一样。

到了宋朝，苏轼才直截了当的否定了"形似"，他《书鄢陵王主簿所画折枝》的诗里说：

> 论画以形似，
> 见与儿童邻。
> ……
> 边鸾雀写生，
> 赵昌花传神。
> ……

"写生"是"气韵生动"的注脚。后来董逌的《广川画跋》里更提出"生意"这个意念。他说：

> 世之评画者曰，妙于生意，能不失真如此矣。至是为能尽其技。尝问如何是当处生意？曰，殆谓自然。问自然，则曰能不异真者斯得之矣。且观天地生物，特一气运化尔，其功用秘移，与物有宜，莫知为之者。故能成于自然。今画者信妙矣，方且晕形布色，求物比之，似而效之，序以成者，皆人力之后失也，岂能以合于自然者哉！

"生意"是真，是自然，是"一气运化"。"晕形布色"，比物求似，只是人工，不合自然。他也在否定"形似"，一面强调那气化或神化的"生意"。这些都见出道家"得意忘言"以及禅家"参活句"的影响。不求"形似"，当然就无所谓"逼真"；因为"真"既没有定形，逼近与否是很难说的。我们可以说"神似"，也就是"传神"，却和"逼真"有虚实之分。不过就画论画，人物、花鸟、草虫，到底以形为本，常识上还只要求这些画"逼真"。跟苏轼差不多同时的晁以道的诗说得好：

> 画写物外形，
> 要于形不改。

就是这种意思。但是山水画另当别论。

东晋以来士大夫渐渐知道欣赏山水，这也就是风景，也就是"江山之胜"。但是在画里山水还只是人物的背景，《世说新语》记顾恺之画谢鲲在岩石里，就是一个例证。那时却有个宗炳，将自己游历过的山水，画在墙壁上，"卧以游之"。这是山水画独立的开始，但是这种画无疑的多多少少还是写实的。到了唐朝，山水画长足的发展，北派还走着近乎写实的路，南派的王维开创了文人画，却走上了象征的路。苏轼说他"诗中有画，画中有诗"，文人画的特色就在"画中有诗"。因为要"有诗"，有时就出了常识常理之外。张彦远说"王维画物多不问四时，如画花，往往以桃杏芙蓉莲花同画一景"。宋朝沈括的《梦溪笔谈》也说他家藏得有王氏的《袁安卧雪图》，有雪中芭蕉"。但是沈氏却说：

　　　　此乃得心应手，意到便成，故造理入神，迥得天
　　意。此难可与俗人论也。

　　这里提到了"神"、"天"就是自然，而"俗人"是对照着"文
人"说的。沈氏在上文还说"书画之妙，当以神会"，"神会"
可以说是象征化。桃杏芙蓉莲花虽然不同时，放在同一个画
面上，线条、形体、颜色却有一种特别的和谐，雪中芭蕉也
如此。这种和谐就是诗。桃杏芙蓉莲花等只当做线条、形体、
颜色用着，只当作象征用着，所以就可以"不问四时"。这也
可以说是装饰化，图案化，程式化。但是最容易程式化的最
能够代表文人化的是山水画，苏轼的评语，正指王维的山水
画而言。

　　桃杏芙蓉莲花等等是个别的实物，形状和性质各自分明，
"同画一景"，俗人或常人用常识的标准来看，马上觉得时
令的矛盾，至于那矛盾里的和谐，原是在常识以外的，所以
容易引起争辩。山水，文人欣赏的山水，却是一种境界，来
点儿写实固然不妨，可是似乎更宜于象征化。山水里的草木
鸟兽人物，都吸收在山水里，或者说和山水合为一气；兽与
人简直可以没有，如元朝倪瓒的山水画，就常不画人，据说
如此更高远，更虚静，更自然。这种境界是画，也是诗，画
出来写出来是的，不画出来不写出来也是的。这当然说不上
"像"，更说不上"活像"或"逼真"了。"如画"倒可以解作
像这种山水画。但是唐人所谓"如画"，还带有写实的意味，
例如李商隐的诗：

> 茂苑城如画，
> 阊门瓦欲流。

皮日休的诗：

> 楼台如画倚霜空。

虽然所谓"如画"指的是整个画面，却似乎还是北派的山水画。上文《黄陵庙记》里的"如画"，也只是这个意思。到了宋朝，如林逋的诗：

> 白公睡阁幽如画。

这个"幽"就全然是境界，像的当然是南派的画了。"如画"可以说是属于自然模仿艺术一类。

上文引过王鉴的话，"人见佳山水，辄曰'如画'"，这"如画"是说像南派的画。他又说"见善丹青，辄曰'逼真'"，这丹青却该是人物、花鸟、草虫，不是山水画。王鉴没有弄清楚这个分别，觉得这两个语在字面上是矛盾的，要解决这个矛盾，他接着说：

> 则知形影无定法，真假无滞趣，惟在妙悟人得之；
> 不尔，虽工未为上乘也。

踪迹·论雅俗共赏

形影无定，真假不拘，求"形似"也成，不求"形似"也成，只要妙悟，就能够恰到好处。但是"虽工未为上乘"，"形似"到底不够好。他这些话并不曾解决了他想象中的矛盾，反而越说越糊涂。照"真假无滞趣"那句话，似乎画是假的；可是既然不拘真假，假而合于自然，也未尝不可以说是真的。其实他所谓假，只是我们说的境界，与实物相对的境界。照我们看，境界固然与实物不同，却也不能说是假的。同是清朝大画家的王时敏在一处画跋里说过：

石谷所作雪卷，寒林积素，江村寥落，——皆如真
境，宛然辋川笔法。

辋川指的王维，"如真境"是说像自然的境界，所谓"得心应手，意到便成"，"莫知为之者"。自然的境界尽管与实物不同，却还不妨是真的。

"逼真"与"如画"这两个语借用到文学批评上，意义又有些变化。这因为文学不同于实物，也不同于书法的点画，也不同于画法的"用笔""象形""傅彩"。文学以文字为媒介，文字表示意义，意义构成想象；想象里有人物，花鸟，草虫，及其他，也有山水——有实物，也有境界。但是这种实物只是想象中的实物；至于境界，原只存在于想象中，倒是只此一家，所以"诗中有画，画中有诗"。向来评论诗文以及小说戏曲，常说"神态逼真"，"情景逼真"，指的是描写或描画。写神态写情景写得活像，并非诉诸直接的感觉，跟"山石似马，望之逼真"以及"宁无画逼真"的直接诉诸视觉不一样，

这是诉诸想像中的视觉的。宋朝梅尧臣说过"状难写之景，如在目前"，"如"字很确；这种"逼真"只是使人如见。可是向来也常说"口吻逼真"，写口气写得活像，是使人如闻，如闻其声。这些可以说是属于艺术模仿自然一类。向来又常说某人的诗"逼真老杜"，某人的文"逼真昌黎"，这是说在语汇，句法，声调，用意上，都活像，也就是在作风与作意上都活像，活像在默读或朗诵两家的作品，或全篇，或断句。这儿说是"神似老杜""神似昌黎"也成，想象中的活像本来是可实可虚两面儿的。这是属于艺术模仿艺术一类。文学里的模仿，不论模仿的是自然或艺术，都和书画不相同；倒可以比建筑，经验是材料，想象是模仿的图样。

向来批评文学作品，还常说"神态如画"，"情景如画"，"口吻如画"，也指描写而言。上文"如画"的例句，都属于自然模仿艺术一类。这儿是说"写神态如画"，"写情景如画"，"写口吻如画"，可以说是属于艺术模仿自然一类。在这里"如画"的意义却简直和"逼真"是一样，想像的"逼真"和想象的"如画"在想象里合而为一了。这种"逼真"与"如画"都只是分明、具体、可感觉的意思，正是常识对于自然和艺术所要求的。可是说"景物如画"或"写景物如画"，却是例外。这儿"如画"的"画"，可以是北派山水，可以是南派山水，得看所评的诗文而定；若是北派，"如画"就只是匀称分明，若是南派，就是那诗的境界，都与"逼真"不能合一。不过传统的诗文里写景的地方并不很多，小说戏剧里尤其如此，写景而有境界的更少，因此王维的"诗中有画"才见得难能可贵，模仿起来不容易。他创始的"画中有诗"的文人

画，却比那"诗中有画"的诗直接些，具体些，模仿的人很多，多到成为所谓南派。我们感到"如画"与"逼真"两个语好像矛盾，就由于这一派文人画的影响。不过这两个语原来既然都只是常识的评价标准，后来意义虽有改变，而除了"如画"在作为一种境界解释的时候变为玄心妙赏以外，也都还是常识的标准。这就可见我们的传统的对于自然和艺术的态度，一般的还是以常识为体，雅俗共赏为用的。那些"难可与俗人论"的，恐怕到底不是天下之达道罢。

（天津《民国日报》文艺副刊）

论书生的酸气

读书人又称书生。这固然是个可以骄傲的名字，如说"一介书生"，"书生本色"，都含有清高的意味。但是正因为清高，和现实脱了节，所以书生也是嘲讽的对象。人们常说"书呆子"、"迂夫子"、"腐儒"、"学究"等，都是嘲讽书生的。"呆"是不明利害，"迂"是绕大弯儿，"腐"是顽固守旧，"学究"是指一孔之见。总之，都是知古不知今，知书不知人，食而不化的读死书或死读书，所以在现实生活里老是吃亏、误事、闹笑话。总之，书生的被嘲笑是在他们对于书的过分的执着上；过分的执着书，书就成了话柄了。

但是还有"寒酸"一个话语，也是形容书生的。"寒"是"寒素"，对"膏粱"而言，是魏晋南北朝分别门第的用语。"寒门"或"寒人"并不限于书生，武人也在里头；"寒士"才指书生。这"寒"指生活情形，指家世出身，并不关涉到书；单这个字也不含嘲讽的意味。加上"酸"字成为连语，就不同了，好像一副可怜相活现在眼前似的。"寒酸"似乎原

踪迹·论雅俗共赏

作"酸寒"。韩愈《荐士》诗,"酸寒溧阳尉",指的是孟郊;后来说"郊寒岛瘦",孟郊和贾岛都是失意的人,作的也是失意诗。"寒"和"瘦"映衬起来,够可怜相的,但是韩愈说"酸寒",似乎"酸"比"寒"重。可怜别人说"酸寒",可怜自己也说"酸寒",所以苏轼有"故人留饮慰酸寒"的诗句。陆游有"书生老瘦转酸寒"的诗句。"老瘦"固然可怜相,感激"故人留饮"也不免有点儿。范成大说"酸"是"书生气味",但是他要"洗尽书生气味酸",那大概是所谓"大丈夫不受人怜"罢?

为什么"酸"是"书生气味"呢?怎么样才是"酸"呢?话柄似乎还是在书上。我想这个"酸"原是指读书的声调说的。晋以来的清谈很注重说话的声调和读书的声调。说话注重音调和辞气,以朗畅为好。读书注重声调,从《世说新语·文学篇》所记殷仲堪的话可见;他说,"三日不读《道德经》,便觉舌本闲强",说到舌头,可见注重发音,注重发音也就是注重声调。《任诞篇》又记王孝伯说"名士不必须奇才,但使常得无事,痛饮酒,熟读《离骚》,便可称名士"。这"熟读《离骚》"该也是高声朗诵,更可见当时风气。《豪爽篇》记"王司州(胡之)在谢公(安)坐,咏《离骚·九歌》'入不言兮出不辞,乘回风兮载云旗',语人云,'当尔时,觉一坐无人。'"正是这种名士气的好例。读古人的书注重声调,读自己的诗自然更注重声调。《文学篇》记着袁宏的故事:

> 袁虎(宏小名虎)少贫,尝为人佣载运租。谢镇西
> 经船行,其夜清风朗月,闻江渚间估客船上有咏诗声,

甚有情致，所诵五言，又其所未尝闻，叹美不能已。即
遣委曲讯问，乃是袁自咏其所作咏史诗。因此相要，大
相赏得。

从此袁宏名誉大盛，可见朗诵关系之大。此外《世说新语》
里记着"吟啸"，"啸咏""讽咏"，"讽诵"的还很多，大概也
都是在朗诵古人的或自己的作品罢。

这里最可注意的是所谓"洛下书生咏"或简称"洛生咏"。
《晋书·谢安传》说：

安本能为洛下书生咏。有鼻疾，故其音浊。名流爱
其咏而弗能及，或手掩鼻以效之。

《世说新语·轻诋篇》却记着：

人问顾长康"何以不作洛生咏？"答曰，"何至作
老婢声！"

刘孝标注，"洛下书生咏音重浊，故云'老婢声'。"所谓"重
浊"，似乎就是过分悲凉的意思。当时诵读的声调似乎以悲
凉为主。王孝伯说"熟读《离骚》，便可称名士"，王胡之在
谢安坐上咏的也是《离骚》《九歌》，都是《楚辞》。当时诵
读《楚辞》，大概还知道用楚声楚调，乐府曲调里也正有楚
调，而楚声楚调向来是以悲凉为主的。当时的诵读大概受到
和尚的梵诵或梵唱的影响很大，梵诵或梵唱主要的是长吟，

踪迹·论雅俗共赏

就是所谓"咏"。《楚辞》本多长句，楚声楚调配合那长吟的
梵调，相得益彰，更可以"咏"出悲凉的"情致"来。袁宏
的咏史诗现存两首，第一首开始就是"周昌梗概臣"一句，
"梗概"就是"慷慨"，"感慨"；"感慨悲歌"也是一种"书生
本色"。沈约《宋书·谢灵运传论》所举的五言诗名句，钟嵘
《诗品·序》里所举的五言诗名句和名篇，差不多都是些"慷
慨悲歌"。《晋书》里还有一个故事。晋朝曹摅的《感旧》诗
有"富贵他人合，贫贱亲戚离"两句。后来殷浩被废为老百
姓，送他的心爱的外甥回朝，朗诵这两句，引起了身世之感，
不觉泪下。这是悲凉的朗诵的确例。但是自己若是并无真实
的悲哀，只去学时髦，捏着鼻子学那悲哀的"老婢声"的"洛
生咏"，那就过了分，那也就是赵宋以来所谓"酸"了。

唐朝韩愈有《八月十五夜赠张功曹》诗，开头是：

纤云四卷天无河，
清风吹空月舒波，
沙平水息声影绝，
一杯相属君当歌。

接着说：

君歌声酸辞且苦，
不能听终泪如雨。

接着就是那"酸"而"苦"的歌辞：

洞庭连天九疑高，
蛟龙出没猩鼯号。
十生九死到官所，
幽居默默如藏逃。
下床畏蛇食畏药，
海气湿蛰熏腥臊。
昨者州前槌大鼓，
嗣皇继圣登夔皋。
赦书一日行万里，
罪从大辟皆除死。
迁者追回流者还，
涤瑕荡垢朝清班。
州家申名使家抑，
坎轲只得移荆蛮。
判司卑官不堪说，
未免捶楚尘埃间。
同时辈流多上道，
天路幽险难追攀！

张功曹是张署，和韩愈同被贬到边远的南方，顺宗即位，只
奉命调到近一些的江陵做个小官儿，还不得回到长安去，因
此有了这一番冤苦的话。这是张署的话，也是韩愈的话。但
是诗里却接着说：

踪迹·论雅俗共赏

君歌且休听我歌，
我歌今与君殊科。

韩愈自己的歌只有三句：

一年明月今宵多，
人生由命非由他，
有酒不饮奈明何！

他说认命算了，还是喝酒赏月罢。这种达观其实只是苦情的伪装而已。前一段"歌"虽然辞苦声酸，倒是货真价实，并无过分之处。由那"声酸"知道吟诗的确有一种悲凉的声调，而所谓"歌"其实只是讽咏。大概汉朝以来不像春秋时代一样，士大夫已经不会唱歌，他们大多数是书生出身，就用讽咏或吟诵来代替唱歌。他们——尤其是失意的书生——的苦情就发泄在这种吟诵或朗诵里。

战国以来，唱歌似乎就以悲哀为主，这反映着动乱的时代。《列子·汤问篇》记秦青"抚节悲歌，声振林木，响遏行云"，又引秦青的话，说韩娥在齐国雍门地方"曼声哀哭，一里老幼悲愁垂涕相对，三日不食"，后来又"曼声长歌，一里老幼，善跃抃舞，弗能自禁"。这里说韩娥虽然能唱悲哀的歌，也能唱快乐的歌，但是和秦青自己独擅悲歌的故事合看，就知道还是悲歌为主。再加上齐国杞梁殖的妻子哭倒了城的故事，就是现在还在流行的孟姜女哭倒长城的故事，悲歌更为动人，是显然的。书生吟诵，声酸辞苦，正和悲歌一脉相传。

但是声酸必须辞苦，辞苦又必须情苦；若是并无苦情，只有苦辞，甚至连苦辞也没有，只有那供人酸鼻的声调，那就过了分，不但不能动人，反要遭人嘲弄了。书生往往自命不凡，得意的自然有，却只是少数，失意的可太多了。所以总是叹老磋卑，长歌当哭，哭丧着脸一副可怜相。朱子在《楚辞辨证》里说汉人那些模仿的作品"诗意平缓，意不深切，如无所疾痛而强为呻吟者"。"无所疾痛而强为呻吟"就是所谓"无病呻吟"。后来的叹老嗟卑也正是无病呻吟。有病呻吟是紧张的，可以得人同情，甚至叫人酸鼻；无病呻吟，病是装的，假的，呻吟也是装的，假的，假装可以酸鼻的呻吟，酸而不苦像是丑角扮戏，自然只能逗人笑了。

　　苏东坡有《赠诗僧道通》的诗：

> 雄豪而妙苦而腴，
> 只有琴聪与蜜殊。
> 语带烟霞从古少，
> 气含蔬笋到公无。
> ……

查慎行注引叶梦得《石林诗话》说：

> 　　近世僧学诗者极多，皆无超然自得之趣，往往掇拾摹仿士大夫所残弃，又自作一种体，格律尤俗，谓之"酸馅气"。子瞻……尝语人云，"颇解'蔬笋'语否？为无'酸馅气'也。"闻者无不失笑。

东坡说道通的诗没有"蔬笋"气，也就没有"酸馅气"，和尚修苦行，吃素，没有油水，可能比书生更"寒"更"瘦"；一味反映这种生活的诗，好像酸了的菜馒头的馅儿，干酸，吃不得，闻也闻不得，东坡好像是说，苦不妨苦，只要"苦而腴"，有点儿油水，就不至于那么扑鼻酸了。这酸气的"酸"还是从"声酸"来的。而所谓"书生气味酸"该就是指的这种"酸馅气"。和尚虽苦，出家人原可"超然自得"，却要学吟诗，就染上书生的酸气了。书生失意的固然多，可是叹老嗟卑的未必真的穷苦到他们磋叹的那地步；倒是"常得无事"，就是"有闲"，有闲就无聊，无聊就作成他们的"无病呻吟"了。宋初西昆体的领袖杨亿讥笑杜甫是"村夫子"，大概就是嫌他叹老嗟卑的太多。但是杜甫"窃比稷与契"，嗟叹的其实是天下之大，决不止于自己的鸡虫得失。杨亿是个得意的人，未免忘其所以，才说出这样不公道的话。可是像陈师道的诗，叹老嗟卑，吟来吟去，只关一己，的确叫人腻味。这就落了套子，落了套子就不免有些"无病呻吟"，也就是有些"酸"了。

道学的兴起表示书生的地位加高，责任加重，他们更其自命不凡了，自嗟自叹也更多了。就是眼光如豆的真正的"村夫子"或"三家村学究"，也要哼哼唧唧的在人面前卖弄那背得的几句死书，来嗟叹一切，好搭起自己的读书人的空架子。鲁迅先生笔下的"孔乙己"，似乎是个更破落的读书人，然而"他对人说话，总是满口之乎者也，教人半懂不懂的"。人家说他偷书，他却争辩着，"窃书不能算偷……窃书！……读书人的事，能算偷么？""接连便是难懂的话，什么'君子固穷'，什么'者乎'之类，引得众人都哄笑起来。"孩子们看着他的茴香豆的碟子。

　　孔乙己着了慌，伸开五指将碟子罩住，弯下腰去说道，"不多了，我已经不多了。"直起身又看一看豆，自己摇头说，"不多不多！'多乎哉？不多也'。"于是这一群孩子都在笑声里走散了。

破落到这个地步，却还只能"满口之乎者也"，和现实的人民隔得老远的，"酸"到这地步真是可笑又可怜了。"书生本色"虽然有时是可敬的，然而他的酸气总是可笑又可怜的。最足以表现这种酸气的典型，似乎是戏台上的文小生，尤其是昆曲里的文小生，那哼哼唧唧、扭扭捏捏、摇摇摆摆的调调儿，真够"酸"的！这种典型自然不免夸张些，可是许差不离儿罢。

向来说"寒酸"、"穷酸"，似乎酸气老聚在失意的书生身上。得意之后，见多识广，加上"一行作吏，此事便废"，那时就会不再执着在书上，至少不至于过分的执着在书上，那"酸气味"是可以多多少少"洗"掉的。而失意的书生也并非都有酸气。他们可以看得开些，所谓达观，但是达观也不易，往往只是伪装。他们可以看远大些，"梗概而多气"是雄风豪气，不是酸气。至于近代的知识分子，让时代逼得不能读死书或死读书，因此也就不再执着那些古书。文言渐渐改了白话，吟诵用不上了；代替吟诵的是又分又合的朗诵和唱歌。最重要的是他们看清楚了自己，自己是在人民之中，不

踪迹·论雅俗共赏

能再自命不凡了。他们虽然还有些闲，可是要"常得无事"却也不易。他们渐渐丢了那空架子，脚踏实地向前走去，早些时还不免带着感伤的气氛，自爱自怜，一把眼泪一把鼻涕的；这也算是酸气，虽然念诵的不是古书而是洋书。可是这几年时代逼得更紧了，大家只得抹干了鼻涕眼泪走上前去。这才真是"洗尽书生气味酸"了。

（《世纪评论》）

论朗诵诗

　　战前已经有诗歌朗诵，目的在乎试验新诗或白话诗的音节，看看新诗是否有它自己的音节，不因袭旧诗而确又和白话散文不同的音节，并且看看新诗的音节怎样才算是好。这个朗诵运动虽然提倡了多年，可是并没有展开；新诗的音节是在一般写作和诵读里试验着。试验的结果似乎是向着匀整一路走，至于怎样才算好，得一首一首诗的看，看那感情和思想跟音节是否配合得恰当，是否打成一片，不漏缝儿，这就是所谓"相体裁衣"。这种结果的获得虽然不靠朗诵运动，可是得靠诵读。诵读是独自一个人默读或朗诵，或者向一些朋友朗诵。这跟朗诵运动的朗诵不同，那朗诵或者是广播，或者是在大庭广众之中。过去的新诗有一点还跟旧诗一样，就是出发点主要的是个人，所以只可以"娱独坐"，不能够"悦众耳"，就是只能诉诸自己或一些朋友，不能诉诸群众。战前诗歌朗诵运动所以不能展开，我想根由就在这里。而抗战以来的朗诵运动，不但广大的展开，并且产生了独立的朗

诵诗，转捩点也在这里。

抗战以来的朗诵运动起于迫切的实际的需要——需要宣传，需要教育广大的群众。这朗诵运动虽然以诗歌为主，却不限于诗歌，也朗诵散文和戏剧的对话；只要能够获得朗诵的效果，什么都成。假如战前的诗歌朗诵运动可以说是艺术教育，这却是政治教育。政治教育的对象不用说比艺术教育的广大得多，所以教材也得杂样儿的；这时期的朗诵会有时还带歌唱。抗战初期的朗诵有时候也用广播，但是我们的广播事业太不发达，这种朗诵的广播，恐怕听的人太少了；所以后来就直接诉诸集会的群众。朗诵的诗歌大概一部分用民间形式写成，在旧瓶里装上新酒，一部分是抗战的新作；一方面更有人用简单的文字试作专供朗诵的诗，当然也是抗战的诗，政治性的诗，于是乎有了"朗诵诗"这个名目。不过这个名目将"诗"限在"朗诵"上，并且也限在政治性上，似乎太狭窄了，一般人不愿意接受它。可是朗诵运动越来越快的发展了，诗歌朗诵越来越多了，效果也显著起来了，朗诵诗开始向公众要求它的地位。于是乎来了论争，论争的焦点是在诗的政治性上。笔者却以为焦点似乎应该放在朗诵诗的独立的地位或独占的地位上；笔者以为朗诵诗应该有独立的地位，不应该有独占的地位。

笔者过去也怀疑朗诵诗，觉得看来不是诗，至少不像诗，不像我们读过的那些诗，甚至于可以说不像我们有过的那些诗。对的，朗诵诗的确不是那些诗。它看来往往只是一些抽象的道理，就是有些形象，也不够说是形象化；这只是宣传的工具，而不是本身完整的艺术品。照传统的看法，这的确不能算是诗。可是参加了几回朗诵会，听了许多朗诵，开始觉得听的诗歌跟看的诗歌确有不同之处；有时候同一首诗看起来并不觉得好，听起来却觉得很好。笔者这里想到的是艾青先生的《大堰河》（他的乳母的名字）；自己多年前看过这首诗，并没有注意它，可是在三十四年昆明西南联大的五四周朗诵晚会上听到闻一多先生朗诵这首诗，从他的抑扬顿挫里体会了那深刻的情调，一种对于母性的不幸的人的爱。会场里上千的听众也都体会到这种情调，从当场热烈的掌声以及笔者后来跟在场的人的讨论可以证实。这似乎是那晚上最精彩的节目之一。还有一个节目是新中国剧社的李先生朗诵庄涌先生《我的实业计划》那首讽刺诗。这首诗笔者也看到过，看的时候我觉得它写得好，抓得住一些大关目，又严肃而不轻浮。听到那洪钟般的朗诵，更有沉着痛快之感。笔者那时特别注意《大堰河》那一首，想来想去，觉得是闻先生有效的戏剧化了这首诗，他的演剧的才能给这首诗增加了些新东西，它是在他的朗诵里才完整起来的。

后来渐渐觉得，似乎适于朗诵的诗或专供朗诵的诗，大多数是在朗诵里才能见出完整来的。这种朗诵诗大多数只活在听觉里，群众的听觉里；独自看起来或在沙龙里念起来，就觉得不是过火，就是散漫，平淡，没味儿。对的，看起来不是诗，至少不像诗，可是在集会的群众里朗诵出来，就确乎是诗。这是一种听的诗，是新诗中的新诗。它跟古代的听的诗又不一样。那些诗是唱的，唱的是英雄和美人，歌手们唱，贵族们听，是伺候贵族们的顽意儿。朗诵诗可不伺候谁，只是沉着痛快的说出大家要说的话，听的是有话要说的一群

人。朗诵诗虽然近乎戏剧的对话，可又不相同。对话是剧中人在对话，只间接的诉诸听众，而那种听众是悠闲的，散漫的。朗诵诗却直接诉诸紧张的、集中的听众。不过朗诵的确得注重声调和表情，朗诵诗的确得是戏剧化的诗，不然就跟演讲没有分别，就真不是诗了。

朗诵诗是群众的诗，是集体的诗。写作者虽然是个人，可是他的出发点是群众，他只是群众的代言人。他的作品得在群众当中朗诵出来，得在群众的紧张的集中的氛围里成长。那诗稿以及朗诵者的声调和表情，固然都是重要的契机，但是更重要的是那氛围，脱离了那氛围，朗诵诗就不能成其为诗。朗诵诗要能够表达出来大家的憎恨、喜爱、需要和愿望；它表达这些情感，不是在平静的回忆之中，而是在紧张的集中的现场，它给群众打气，强调那现场。有些批评家认为文艺是态度的表示，表示行动的态度而归于平衡或平静；诗出于个人的沉思而归于个人的沉思，所以跟实生活保持着相当的距离，创作和欣赏都得在这相当的距离之外。所谓"怨而不怒"，"乐而不淫"，"哀而不伤"，所谓"温柔敦厚"以及"无关心"的态度，都从这个相当的距离生出来。有了这个相当的距离，就不去计较利害，所以有"诗失之愚"的话。朗诵诗正要揭破这个愚，它不止于表示态度，却更进一步要求行动或者工作。行动或工作没有平静与平衡，也就没有了距离；朗诵诗直接与实生活接触，它是宣传的工具，战斗的武器，而宣传与战斗正是行动或者工作。玛耶可夫斯基论诗说得好：

照我们说

　　韵律——

　　　　大桶，

炸药桶。

　　一小行——

　　　　导火线。

大行冒烟，

　　小行爆发，

　　　　……

　　这正是朗诵诗的力量，它活在行动里，在行动里完整，在行动里完成。这也是朗诵诗之所以为新诗中的新诗。

　　宣传是朗诵诗的任务，它讽刺，批评，鼓励行动或者工作。它有时候形象化，但是主要的在运用赤裸裸的抽象的语言；这不是文绉绉的拖泥带水的语言，而是沉着痛快的，充满了辣味和火气的语言。这是口语，是对话，是直接向听的人说的。得去听，参加集会，走进群众里去听，才能接受它，至少才能了解它。单是看写出来的诗，会觉得咄咄逼人，野气，火气，教训气；可是走进群众里去听，听上几回就会不觉得这些了。再说朗诵诗是对话，或者三言两语，或者长篇大套；前一种像标语口号，看起来简单得没味儿，后一种又好像啰嗦得没味儿。其实味儿是有，却是在朗诵和大家听里。笔者六月间曾在教室里和同学们讨论过一位何达同学写的两首诗，我念给他们听。第一首是《我们开会》：

　　　　我们开会
　　　　　　我们的视线
　　　　　　像车辐
　　　　　　　　集中在一个轴心
　　　　我们开会
　　　　　　我们的背
　　　　　　都向外
　　　　　　　　砌成一座堡垒
　　　　我们开会
　　　　　　我们的灵魂
　　　　　　紧紧的
　　　　　　　　拧成一根巨绳
　　　　面对着
　　　　　　共同的命运
　　　　　　　我们开着会
　　　　　　　就变成一个巨人

　　这一首写在三十三年六月里，另一首《不怕死——怕讨论》
写在今年六月三日，"六二"的后一日：

　　　　我们不怕死
　　　　　　可是我们怕讨论
　　　　我们的情绪非常热烈
　　　　　　谁要是叫我们冷静的想一想
　　　　　　我们就嘶他通他

我们就大声地喊

　　滚你妈的蛋

　　无耻的阴谋家

难道你们不知道

　　我们只有情绪

　　我们全靠情绪

　　决不能用理智

　　压低我们的情绪

可是朋友们

　　我们这样可不行啊

　　我们不怕死

　　我们也不应该怕讨论

　　要民主——我们就得讨论

　　要战斗——我们也得讨论

　　我们不怕死

　　我们也不怕讨论

　　一班十几个人喜欢第一首的和喜欢第二首的各占一半。前者说第一首形象化，"结构严紧"，而第二首只"是平铺直叙的说出来"。后者说第二首"自然而完整"，"能在不多的几句话里很清楚的说出为什么不怕死也不怕讨论来"，第一首却"只写出了很少的一点，并未能很具体的写出开会的情形"；又说"在朗诵的效果上"，第二首要比第一首大。笔者没有练习过朗诵，那回只是教学上的诵读；要真是在群众里朗诵，那结果也许会向第二首一面倒罢。因为笔者在独自看的时候

踪迹·论雅俗共赏

原也喜欢第一首，可是一经在教室里诵读，就觉得第二首有劲儿，想来朗诵起来更会如此的。"结构严紧"，回环往复的写出"很少的一点"，让人仔细吟味，原是诗之所以为诗，不过那是看的诗。朗诵诗的听众没有那份耐性，也没有那样工夫，他们要求沉着痛快，要求动力——形象化当然也好，可是要动的形象，如"炸药桶"、"导火线"；静的形象如"轴心"、"堡垒"、"巨绳"，似乎不够劲儿。

"自然而完整"，就是艺术品了；可是说时容易做时难。朗诵诗得是一种对话或报告，诉诸群众，这才直接，才亲切自然。但是这对话得干脆，句逗不能长，并且得相当匀整，太参差了就成演讲，太整齐却也不自然。话得选择，像戏剧的对话一样的严加剪裁；这中间得留地步给朗诵人，让他用他的声调和表情，配合群众的氛围，完整起来那写下的诗稿——这也就是集中。剧本在演出里才完成，朗诵诗也朗诵里才完成。这种诗往往看来嫌长，可是朗诵起来并不长；因为看是在空间里，听是在时间里。笔者亲身的经验可以证实。前不久在北大举行的一个诗歌晚会里听到朗诵《米啊，你在那里？》那首诗，大家都觉得效果很好。这首诗够长的，看了起来也许觉得啰嗦罢。可是朗诵诗也有时候看来很短，像标语口号，不够诗味儿，放在时间里又怎么样呢？我想还是成，就因为像标语口号才成；标语口号就是短小精悍才得劲儿。不过这种短小的诗，朗诵的时候得多多的顿挫，来占取时间，发挥那一词一语里含蓄着的力量。请看田间先生这一首《鞋子》：

回去，

　　告诉你的女人：

要大家

　　来做鞋子。

像战士脚上穿的

　　结实而大。

好翻山呀，

　　好打仗呀。

　　诗行的短正表示顿挫的多。这些都是专供朗诵的诗。有些诗并非专供朗诵，却也适于朗诵，那就得靠朗诵的经验去选择。例如上文说过的庄涌先生的《我的实业计划》，也整齐，也参差，看起来也不长，自然而完整，听起来更得劲儿。这种看和听的一致，似乎是不常有的例子。艾青先生的《大堰河》主要的是对话，看起来似乎长些，可是闻先生朗诵起来，特别是那末尾几行的低抑的声调，能够表达出看的时候看不出的一些情感，这就不觉得长而成为一首自然而完整的诗。朗诵诗还要求严肃，严肃与工作。所以用熟滑的民间形式来写，往往显得轻浮，效果也就不大。这里想到孔子曾以"无邪"论诗，强调诗的政教作用；那"无邪"就是严肃，政教作用就是效果，也就是"行事"或者工作。不过他那时以士大夫的"行事"或者工作为目标，现代是以不幸的大众的行动或者工作为目标，这是不同的。

　　就在北大那回诗歌晚会散场之后，有一位朋友和笔者讨论。他承认朗诵诗的效用，但是觉得这也许只是当前这个时

踪迹·论雅俗共赏

代需要的诗，不像别种诗可以永久存在下去。笔者却以为配合着工业化，生活的集体化恐怕是自然的趋势。美国诗人麦克里希在《诗与公众世界》一文（一九三九）里指出现在"私有世界"和"公众世界"已经渐渐打通，政治生活已经变成私人生活的部分；那就是说私人生活是不能脱离政治的。集体化似乎不会限于这个动乱的时代，这趋势将要延续下去，发展下去，虽然在各时代各地域的方式也许不一样。那么，朗诵诗也会跟着延续下去，发展下去，存在下去——正和杂文一样。美国也已经有了朗诵诗，一九四四年出的达文鲍特的《我的国家》（有杨周翰先生译本）那首长诗，就专为朗诵而作；那里面强调"一切人是一个人"，"此处的自由就是各处的自由"，就是威尔基所鼓吹的"四海一家"。照这样看，朗诵诗的独立的地位该是稳定了的。但是有些人似乎还要进一步给它争取独占的地位；那就是只让朗诵诗存在，只认朗诵诗是诗。笔者却不能赞成这种"罢黜百家"的作风；即使会有这一个时期，相信诗国终于不会那么狭小的。

（《观察》）

美国的朗诵诗

　　前些日子有一位朋友来谈起朗诵诗。他说朗诵诗该是特别为朗诵而作的诗。一般的诗有些或许也能朗诵，但是多数只为了阅读，朗诵起来人家听不懂；将原诗写出来或印出来，让人家一面看一面听，有些人可以懂，但大众还是不成。而朗诵诗原是要诉诸大众的，所以得特别写作——题材，语汇，声调，都得经过一番特别的选择。近来读到《纽约时报·书评》（一九四四年十月二十二日）里多那德·亚丹的《书话》，论及广播诗剧的发展，说这种诗剧总要教广大的听众听得懂；这也许会影响一般印刷的诗，教作者多注重声调，少注重形象。他说形象往往太复杂，并且往往太个人的，而听的时候耳朵是不能停下细想的。但他并不主张消灭印刷的诗，他觉得两者可以并存。广播自然是朗诵，在我国也试过多次。合看这两段话，可以明了朗诵诗的发展是一般趋势，也可以明了朗诵诗发展的道路。

　　亚丹的话不错，罗素·惠勒·达文鲍特（Russell W.

Davenport）的长诗《我的国家》便是证据。这篇印刷的诗是
准备朗诵的。据美国《时代周刊》（一九四四年十月三十日）
的记载，去年九月间一个晚上，纽约曼哈顿地方有一个读诗
盛会，到场的四十人都是出版家，编辑人，批评家，诗人，
以及一些爱诗的人，他们听达文鲍特第一次正式读他多少年
来的第一篇诗《我的国家》这篇六十二面的长诗。达文鲍特
始终能够抓住他的听众，他的诗无疑的对这些第一回的听者
发生了效用。大家有一个很深的印象，觉得这篇诗是企图用
美国民众的普通语言，将诗带回给民众，让他们懂。——《生
活》杂志（一九四四年十一月二十七日）说这诗集出版是在
十月。

　　达文鲍特今年四十五岁，是一家钢铁公司副理的儿子，
在第一次世界大战里得过两回十字勋章。他作过十年诗；后
来加入新闻界，却十四年没有作诗。所以说《我的国家》是
他多少年来的第一篇诗。他做过《幸运》杂志跟《生活》杂
志的编辑，现在离开了新闻界，做一个自由作家。他是故威
尔基先生的最热心的信徒之一，一九四〇年曾帮助他竞选总
统。《纽约时报·书评》（一九四四年十一月五日）有《美国
使命的一篇诗》一文，是评《我的国家》的，其中说到威尔
基先生相信民主应该负起世界的责任，不然民主便会死亡，
相信自由的体系和奴隶的体系不能并存；而达文鲍特将这些
观念翻译成诗。文中说人们在这时代正热烈的想着过去的遗
产，现在的悲剧，将来的战斗；在这重要关头正需要一种高
贵的情感的鼓舞。达文鲍特见到了这里，他的诗"叫我们一
面想一面感，叫我们放眼众山顶上，探求心的深处，听取永

存的命运的脉搏"。

《我的国家》原书这里还没有见到，只从上文提过的《生活》杂志，《时代周刊》，《纽约时报·书评》里读到一部分，《生活》杂志里是选录，不是引证，最详。下文成段的翻译除一段外，都取材于这里。这里说"本诗是作来朗诵的"。诗中大部分有韵，一部分无韵，一部分用口语。《时代周刊》说本诗谐和易诵，就是口语部分，也有严肃味。下文的翻译用韵与否，全依原诗。全诗开篇称颂美国是自由的家：

> 美国不是安逸的地方。
> 我们不停的从动作产生
> 英雄的壁画和英雄的歌唱。
> 我们还未将精神帝国造成，
> 还没有在坟墓里发射光辉：
> 但我们这冒险的出汗的子孙，
> 尊敬迅速、强健、自由和勇气——
> 这种心，它的思想跟着手走——
> 这些人，暴怒着解放了奴隶，
> 征服那处女地，教命运低头。
> 我们是动的物件的建筑家，
> 继承那"沙马堪"尖塔的成就——
> 锅炉、钢条、螺旋桨、轮翼、其他，
> 用来奔，飞，俯冲，听我们命令；
> 从这当中自由的烈风谨哗。
> 美国不是休息的国境。

美国人"是动作的，愿望的人"。

> 然而自由不是那般
>
> 秀丽而优雅的情调；
>
> 它的发育像战斗一样难，
>
> 那么粗鲁，又那么烦躁，
>
> 为的参加这时代的实际斗争。
>
> 自由，它只是思想高深，
>
> 血肉却是"不和"与械斗所造；
>
> 这民族心肠硬，本领大：
>
> 欺诈，劳工暴动，性，罪行，
>
> 大家的意志明敲暗打——
>
> 波涛的冲突毁灭了自己；
>
> 诡计
>
>   斜睨
>
>   低声的图谋
>
> 眨眨眼
>
>   架子上手枪一枝；
>
> 这些事现眼
>
>   怕人
>
>   人相杀……

自由神可以引起恐惧与怨恨。它产生种种物品（"光亮的机器，可爱的，光亮的，教人难信的机器"），却说不出为什么来。于是乎引起了"否定"的信仰：

我们看见了"无有"：
我们见了它，见了
"无有"——它的面……
听见了它宣布
"怨恨"的新秩序，
那没有神的新秩序。

（本段见《纽约时报·书评》）

人们原来假定进步无穷，而且无苦无难，这一混乱可丧了气。"现在我们知道坏了事，自由害了人。"

说到这里，诗人就问为什么美国伟大的成就不能给她的人民带来精神的和平呢？他于是将美国跟她的战死者对照，要发现他们是为了什么死的？这一章用的是流利的口语。《纽约时报·书评》以为更有诗意。这儿战死者拉里的老师说道：

"我不知道他怎么死的；但是我想他
是冲上前去，像在我们纪念球场上一样，
我想他是凭着他那惊人的信心
冲上前去；我想一定是
这样，拿出了他所有的一切：
他是个很大方的孩子。
在我这方面我要说我相信拉里
为一个道理，为一个原因而死，
我相信他为自由而死。
不信他除了敌人还会想到别的。

踪迹·论雅俗共赏

我准知道他若在狐穴里

曾想到自由，那决不是我们

这儿从书里知道的自由。

他想到自由的时候，他想到

你们这班朋友坐在这儿；

他想到我们这城市，我们的生活，

我们的游戏，我们吃的好东西，

我们大家共有的光明的希望；

我不是说他曾想到自由——我

我准知道这是拉里的自由的观念。"

这位老师告诉他那些学生，这种自由生活是经过多少艰苦才
得来的。他说：

拉里将球传给你们了，别让他吃亏！

接了它！抱紧它！向前进！带着跑！

这就暗示新的信仰的产生了。

于是达文鲍特指出美国战士在世界上各处都是为了人类
自由的理想而死。他要美国利用那伟大的资源和伟大的财力
来达成自由民主的民族的世界集团，所谓"四海一家"。这是
替代了那"否定的信仰"的新信仰，从战死者产生：

海岸上僵直的白十字架画出

永恒的图案。

睡眠的队伍永远安排在静默里，

人们的生命只剩下些号码，

异国的风吹到海滩上，抚摸着

倒下的远国的人们的儿孙：

这儿，自由的意义和真理终于

开了封，现在各国人的眼前；

这儿，死掩没了种种记忆：

迈恩，奈勃拉斯加，

沙漠中红印度人的火，有胡子的活橡树，

德克色斯州的风吹草动，

到学校和教堂去的灰土道。

还有，这些也都掩没了，像溪流一般——

牧场，果园，法院，银行，店铺，铁路，工厂，

记忆中的人面，跟分别时热烈的嘴唇，

跟像阳光照在神经上似的手，

跟隔着重洋的人垂在肩上的头发。

这儿，凭着自由的名字一切聚集起来，

种种不联合的目的成功圆满的一家——

一切人都是弟兄，在死的怀抱里；

这些人活着时决没有晓得他们是弟兄。

愿望自由的人们请读这开了封的消息——

你们彼此斗争着的千百万人

请打开坟墓看看从土中

挖起来的自由的秘密：

踪迹·论雅俗共赏

在血肉的幕后，十字架的底下，
有一个一切人的弟兄；一切人是一个人。

接着是较多的形象化的一段，强调上一段的意思。

就像在夜里，
美国众山上吹起一阵清风，
土地的气味从秘密的地方放出，
雾气罩在山谷上，严肃的群星
聚会着，好像选出的代表
在我们头上代表自由的思想：
就像这样，那些青年人出了坟墓，
回到我们的心里，犹如我们自己的影子；
他们又成了形，有了生命，好像月光
靠着那虬枝怪干的白橡林成了形——
靠着那些小河变了色，像白银一般，
他们重新住到他们不能住的土地上。
这样我们就能在死者的弟兄情分里
看见一切熟悉这土地，爱好这土地的人……

这种团结的愿望的象征是美国国旗，"这面旗表出美国是自由的纪念碑"。而这种愿望的根苗是那简单的，和平的美国人家：

美国活在她的简单的家屋：

风吹日晒的门扇，古老的紫藤，
雄鸡游走的晒谷场，灰尘仆仆，
榆，橡，松，这些树都习见习闻；
家具为的舒服，不为的好看，
人名无非里克，彼得，加罗林，
靠得住的街坊，靠得住的书刊，
还有，和平，希望，跟机会。
美国将妈妈当做命，她做饭，
透亮的炉子，做她的拿手菜，
和果酱，蛋糕，无数的苹果饼。
美国爸爸是家长，用倦眼来
读星期日的报纸，十分详尽；
美国爱狗，爱孩子们呼啸着
从学校回家；学校是一面镜，
历史上金字塔的影隐约着。
美国总活在这些事物当中，
即使在黑夜，暗香吹着，虫叫着，
平原像漆黑可怕的湖水溶溶，
让美国灯光的明窗围护，
那时人家里的枫树趁着风
耙似的推着明星越夜空西去。
美国孩子不论远向何方
冒险，去死，在她眼不见的地步，
这些无名的照耀着的小窗
总照耀着这不相信的人类；

要教地上一切人民都在想

自由的目的地，那强固的堡垒——

不是和平，不是休息，不是优游——

只是胆敢面对民主的真理：

自由不可限制，要大家都有，

此处的自由就是各处的自由。

"此处的自由就是各处的自由"，是世界主义者的歌。《纽约时报·书评》所谓"美国的使命"也是这意思。

《书评》里说诗人"要将美国的高大的影子，那先锋的影子，林肯的影子，投射到边界外，领海外去"。——说"他明白若不勇敢而大方的鼓吹人们都是弟兄，他自己的地上会长不成花草，他自己的榆树和枫树会遭遇永久的秋天，他自己的屋顶会教最近一次大风雪吹了去，他的炉边会只剩一堆碎石，教他再做不成好梦"。——说这篇诗出现得正是时候，比顿巴吞橡树的建议要美丽些，热烈些。"我们需要战车和重炮，也一样需要诗歌与信仰。一种情感教人的脉跳得像打鼓，教人的眼花得像起雾，也许并不是妇人之仁——也许倒是世界上最有力，最有用的东西。"另一期《周刊》（一九四四年十二月十八日）却嫌诗里有过火的地方。那儿说《我的国家》已经印了三万本，就诗集而论，实在是惊人的数目。

（《时与潮文艺》）

常识的诗

　　近来读到美国多罗色·巴克尔夫人（DorothyParker）的诗文选集，一九四四年出版，我特别注意她的诗。这集子有英国老小说家兼戏剧家毛姆（W.SomersetMaugham）给作的导言。导言中说她的常识使她的诗有独具的、特殊的风味，说靠着常识我们才能容忍这不定的、无理的、粗糙的、短暂的生活，并且觉得有意思。说"她无论怎样抒写自己，无论怎样高飞远举，她总用常识的金链子下锚在这悬空的世界里"。这就是说她的眼不但看着自己，并且老在看着别人。她对生活中的小事物发生情感；小事物在生活过程里正也占着重要的部分。她的诗反映着她自己，她的多样而完整的人格——她的苦痛，她的欢笑，她的温柔，她的美感，她的粗鄙，她的常识。毛姆说"这种种情性，我们大家也都有，僧正和老政治家例外；但她的更高明，更集中。所以读她一首诗就像倒拿着望远镜看她"，那么远，那么小，可又那么清朗。

　　她的诗的清朗是独具的，特殊的。诗都短，寥寥的几句

日常的语言，简直像会话。所以容易懂，不像一般近代诗要去苦思。诗都有格律，可是读来不觉，只觉自然如话。这个"自然"是从追琢中来，见得技术的完整。短而完整是她的诗，所以幽默有深味。有深味也有深愁，可是她看开了，所以读起来倒只觉得新鲜似的。你也许会说她是玩世派，你也许会说玩世派哼鼻子，抽肩膀，跟伤感派抹眼泪，揩鼻涕一样，都只取快一时，过了就算了。可是巴克尔夫人似乎不止冷眼旁观，她也认真的从小事物里触着了这时代的运命。导言里记下她送给毛姆的一首诗：

> 我的白母鸡糊涂惯；
> 她老给绅士们生蛋。
> 你不能用绳用枪去威逼
> 她过来供给无产阶级。

指的是毛姆，也有几分自道罢？总而言之，她于幽默的比喻中认真的触着了这时代的问题了。在这时代，早也罢，晚也罢，谁也得触着这问题的。

这里选择她的诗十一首，以见一斑。七首载在《足够的绳子》一卷中，四首载在《落日炮》一卷中；有些可以说是她的两性观，有些可以说是她的人生观。译文照原作用韵：

或人的歌

这是我的誓愿：
他会将我的心占有保持；

我们会甜蜜的翻身而睡，
　　年年岁岁一般。
计时的沙漏会迅速漏沙，
爱情却不会和沙子并家；
他也就是我，我也就是他：
　　这是我的誓愿。

这是我的祈祷：
教他长时在我身边温存；
教他想起我来得意忘形，
　　日日这般到老；
教我忘记了旧时的困苦；
让我，为求取我们的幸福，
我的爱要比起他的不如：
　　这是我的祈祷。

　　这是我的心得：
情人的誓言淡得像雨水：
爱情是苦痛的先驱护卫——
　　但愿所言不实！
我的心永远是如饥如渴，
我的爱永远是如怨如慕；
他这样负心人不止一个：
这是我的心得。

踪迹·论雅俗共赏

总账

剃刀教你们伤脸；

河水沾衣濡足；

酸类给你们留瘢；

药物抽筋张脉。

枪弹不懂规矩；

圈套在开着等人；

煤气刺鼻欲吐；

你们还照样生存。

老兵

想当年我年轻，勇敢，强壮，

是就是，非就非，丝毫不让！

我羽毛飘举，我旗帜展开，

我骑马游行，矫正这世界。

"你们一群狗，出来，打！"我说，

可惜人只能死一回，我哭。

但我老了；好事坏事无数

混乱的织成功一幅花布。

我坐下说，"世界就是这般；

听其自然，才是聪明独擅。

胜一场，败一场，兵家常事，

好孩子，这中间很少差异。"

惰性勒住我，还在播弄我；
这玩艺儿，据人说就叫哲学。

某女士

啊，我能为你笑，偏着头颈，
热烈的吞咽你的话如风，
我能为你涂芬芳的红唇，
用熟练的指尖摸你眉峰。
你演述你的恋爱史给我，
啊，我大笑称奇，出眼水，
你也大笑，你却不能看出
我的心小死了几千百次。
你会相信，我也知道我像
愉快的清晨，白雪的照耀；
我心里一切的挣扎来往，
你决不会知道。

啊，我遇见你，能欢笑静听，
你带来新鲜的探险逸话——
说那不检点的微妙女人，
说那手的温存，耳语唧喳。
你高兴我，放开喉咙用力
高唱你新相知的叙事歌。
你就要我——惊奇、愉快、老实，
却看不出我的眼像星河。

等到你找新知去而不回，
啊，我能吻你，一般的热闹。
我爱，你去后我有何更改，
你决不会知道。

观察

如果我不绕着公园跑车，
我准知道可以做些工夫。
如果我每晚十点钟上床，
我可以恢复旧日的容光。
如果我不去玩儿什么的，
我大概已经有了点样子；
可是我就爱上现在这般，
因为我看来一切不相干。

两性观

女人要一夫一妻；
男人偏喜欢新奇。
爱情是女人的日月；
男人有别样的花色。
女人跟她丈夫过一生；
男人数上十下就头疼。
总起来说既这般如此，
天下还会有什么好事？

卧室铭

破了晓又是一天；
我得起来了些愿，
虽然穿衣、吃喝，
也在动手动脚，
东学几分，西学几分，
有哭有笑，出力，骂人，
听个歌，看回戏，
纸上写几个字，
认仇人不然交朋友——
到了儿却教床等我。
虽然自尊也自振，
回床却好像宿命。
虽然忧思徘徊，
床却不得不归。
不论扬眉是低首，
日子都归到床头。
起来、出去、前行。
总非回床不成，
春夏秋冬这四季——
起来简直是傻气！

不治之症

如果我的心着火受了伤，
这倒安全些，凭经验估量；

踪迹·论雅俗共赏

也会平静些，要是我相信
恋爱的道路决不会翻新——
你的恋爱教你痴呆糊涂，
其实热爱向来依样葫芦；
我会快乐些，要是用心看
一个吻正和别个吻一般。
矢口的誓辞，悦耳的名号，
当年海伦走就用这一套；
沉重的心胸，折磨的忧郁，
当年法盎逃也是这一局。
唉唉，虽然惨，可一点不假，
天下的男人他们是一家；
那有女孩子敢这样开口
叫她的爱人和她长相守？
虽然试他时他鼓起勇气，
说如果变心就不得好死，
他依然像别个有始无终。
可是你，我的人，与众不同。

圣地

我的地方没有人饶舌可嫌；
低低的云挨着那山腰，
空气甜新，带着黑烟舒卷，
那些烧着的是我的桥。

苹果树

头回我们看见这苹果树

枝条濯濯，直而发灰；

可是我们简直无忧无虑，

虽然春天姗姗其来。

末后我和这棵树分了手，

枝条挂着果实沉沉；

可是我更无余力哀愁

夏天的死，年纪轻轻。

中夜

星星近得像花，也软得像花，

众山如网，用影子缓缓织成；

这里没有片叶片草分了家——

一切合为一份。

月明无线，太空不分家，蓝光

宝石般懒懒滚转，悠然而息。

这整夜无一物有刺有芒，

除开我的心迹。

（《文聚》，三十四年）

踪迹·论雅俗共赏

诗与话

　　胡适之先生说过宋诗的好处在"做诗如说话",他开创白话诗,就是要更进一步的做到"做诗如说话"。这"做诗如说话"大概就是说,诗要明白如话。这一步胡先生自己是做到了,初期的白话诗人也多多少少的做到了。可是后来的白话诗越来越不像说话,到了受英美近代诗的影响的作品而达到极度。于是有朗诵诗运动,重新强调诗要明白如话,朗诵出来大家懂。不过胡先生说的"如说话",只是看起来如此,朗诵诗也只是又进了一步做到朗诵起来像说话,都还不像日常嘴里说的话。陆志韦先生却要诗说出来像日常嘴里说的话。他的《再谈谈白话诗的用韵》(见燕京大学新诗社主编的《创世曲》)的末尾说:

　　我最希望的,写白话诗的人先说白话,写白话,研究白话。写的是不是诗倒还在其次。

这篇文章开头就提到他的《杂样的五拍诗》,那发表在《文学杂志》二卷四期里,是用北平话写出的。要像日常嘴里说的话,自然非用一种方言不可。陆先生选了北平话,是因为赵元任先生说过"北平话的重音的配备最像英文不过",而"五拍诗"也就是"无韵体",陆先生是"要摹仿沙士比亚的神韵"。

陆先生是最早的系统的试验白话诗的音节的诗人,试验的结果有本诗叫做《渡河》,出版在民国十二年。记得那时他已经在试验无韵体了。以后有意的试验种种西洋诗体的,要数徐志摩和卞之琳两位先生。这里要特别提出徐先生,他用北平话写了好些无韵体的诗,大概真的在摹仿沙士比亚,在笔者看来是相当成功的,又用北平话写了好些别的诗,也够味儿。他的散文也在参用着北平话。他是浙江硖石人,集子里有硖石方言的诗,够道地的。他笔底下的北平话也许没有本乡话道地,不过活泼自然,而不难懂。他的北平话大概像陆先生在《用韵》那篇文里说的,"是跟老百姓学"的,可是学的只是说话的腔调,他说的多半还是知识分子自己的话。陆先生的五拍诗里的北平话,更看得出"是跟老百姓学"的,因为用的老百姓的词汇更多,更道地了。可是他说的更只是自己的话。他的五拍诗限定六行,与无韵体究竟不一样。这"是用国语写的","得用国语来念",陆先生并且"把重音圈出来",指示读者该怎样念。这一点也许算得是在"摹仿沙士比亚"的无韵体罢。可是这二十三首诗,每首像一个七巧图,明明是英美近代诗的作风,说是摹仿近代诗的神韵,也许更确切些。

近代诗的七巧图，在作者固然费心思，读者更得费心思，所以"晦涩"是免不了的。陆先生这些诗虽然用着老百姓的北平话的腔调，甚至有些词汇也是老百姓的，可并不能够明白如话，更不像日常嘴里说的话。他在《用韵》那篇文里说"罚咒以后不再写那样的诗"，"因为太难写"，在《杂样的五拍诗》的引言里又说"有几首意义晦涩"，于是他"加上一点注解"。这些都是老实话。但是注解究竟不是办法。他又说"经验隔断，那能引起共鸣"。这是晦涩的真正原因。他又在《用韵》里说：

> 中国的所谓新人物，依然是老脾气。那怕连《千家诗》，《唐诗三百首》都没有见过的人，一说起这东西是"诗"，就得哼哼。一哼就把真正的白话诗哼毁了。

"真正的白话诗"是要"念"或说的。我们知道陆先生是最早的系统的试验白话诗的音节的诗人，又是音乐鉴赏家，又是音韵学家，他特别强调那"念"的"真正的白话诗"，是可以了解的；就因为这些条件，他的二十三首五拍诗，的确创造了一种"真正的白话诗"。可是他说"不会写大众诗"，"经验隔断，那能引起共鸣"，也是真的。

用老百姓说话的腔调来写作，要轻松不难，要活泼自然也不太难，要沉着却难；加上老百姓的词汇，要沉着更难。陆先生的五拍诗能够达到沉着的地步，的确算得是奇作。笔者自己很爱念这些诗，已经念过好几遍，还乐意念下去，念起来真够味。笔者多多少少分有陆先生的经验，虽然不敢说完全懂得这些诗，却能够从那自然而沉着的腔调里感到亲切。这些诗所说的，在笔者看来，可以说是爱自由的知识分子的悲哀。我们且来念念这些诗。开宗明义是这一首：

是一件百家衣，矮窗上的纸
苇子杆上稀稀拉拉的雪
松香琥珀的灯光为什么凄凉？
几千年，几万年，隔这一层薄纸
天气温和点，还有人认识我
父母生我在没落的书香门第

有一条注解：

一辈子没有种过地，也没有收过租，只挨着人家碗边上吃这一口饭。我小的时候，乡下人吃白米，豆腐，青菜，养几只猪，一大窝鸡。现在吃糠，享四大皆空自由。老觉得这口饭是赊来吃的。

诗里的"百家衣"，就是"这口饭是赊来吃的"。纸糊在"苇子杆子"上，矮矮的窗，雪落在窗上，屋里是黄黄的油灯光。读书人为什么这样"凄凉"呢？他老在屋里跟街上人和乡下人隔着；出来了，人家也还看待他是特殊的一类人。他孤单，他寂寞，他是在命定的"没落"了。这够多"凄凉"呢！

但是他并非忘怀那些比自己苦的人。请念第十九首：

踪迹·论雅俗共赏

在乡下，我们把肚子贴在地上
糊涂的天就压在我们的背上
老呱说："天你怎么那么高呀？"
抬头一看，他果然比树还高
树上有山头，山头上还有树
老天爷，多给点儿好吃吃的吧。

　　这一首没有注解，确也比较好懂。"肚子贴在地上"是饿
瘪了，"天高皇帝远"，谁来管你！但是还只有求告"老天爷"
多给点儿吃的！——北平话似乎不说"好吃吃的"，"好吃的"
也跟"吃的"不同。读书人，知识分子，也想到改革上，这
是第三首：

明天到那儿？大路的尽头在那儿？
这一排杨树，空心的，腆着肚子，
扬起破烂的衣袖，把路遮断啦
纸灯儿摇摆，小驴儿，咦，拐弯啦。
黑朦朦的踏着癞蛤蟆求婚的拍子
走到岔路上，大车呢，许是往西啦

　　注解是：

　　十年前，芦沟桥还没有听到枪声，我仿佛已经想到
现在的局面。在民族求生存的途径上，我宁愿像老戆赶
大车，不开坦克车。

诗里"明天"和"大路"自然就是"民族求生存的途径"，"把路遮断"的"一排杨树"大概是在阻碍着改革的那些家伙罢。"纸灯儿"，黑暗里一点光明；"小驴儿"拐弯抹角的慢慢的走着夜路，"癞蛤蟆想吃天鹅肉"，"知其不可而为之"，大概会跟着"大车""往西"的，"往西"就是西化。"往西"是西化，得看注解才想得到，单靠诗里的那个"西"字的暗示是不够的。这首诗似乎只说到个人的自由的努力；但是诗里念不出那"宁愿"的味儿。个人的自由的努力的最高峰是"创造"。第六首的后三行是：

　　　脚底下的地要跳，像水煮开啦
　　　鱼刚出水，毒龙刚醒来抖擞
　　　活火的刀山上跳舞，我要创造

注解里引易卜生的话，"在美里死。"陆先生慨叹着"书香门第"的自己，慨叹着"乡下"的人，讥刺着"帮闲的"，怜惜着"孩子"，终于强调个人的"创造"，这是"明天"的"大路"。这条"路"也许就是将"大众"的和他"经验隔断"的罢？

　　《杂样的五拍诗》正是"创造"，"创造"了一种"真正的白话诗"。照陆先生自己声明的而论，他是成功了的。但是在一般的读者，这些诗恐怕是晦涩难懂的多；即使看了注解，恐怕还是不成罢。"难写"，不错，这比别的近代作风的诗更难，因为要巧妙的运用老百姓的腔调。但是麻烦的还在难懂。当然这些诗可以诉诸少数人，可是"跟老百姓学"而只诉诸

少数人，似乎又是矛盾。这里"经验隔断"说明了一切。现在是有了不容忽视的"大众"，"大众"的经验跟个人的是两样。什么是"大众诗"，我们虽然还不知道，但是似乎已经在试验中，在创造中。大概还是得"做诗如说话"，就是明白如话。不过倒不必像一种方言，因为方言的词汇和调子实在不够用；明白如话的"话"该比嘴里说的丰富些，而且该不断的丰富起来。这就是已经在"大众"里成长的"活的语言"；比起这种话来，方言就显得呆板了。至于陆先生在《用韵》那篇文里说的轻重音，韵的通押，押韵形式，句尾韵等，是还值得大家参考运用的。

（北平《华北日报》文学副刊）

歌谣里的重叠

　　歌谣以重叠为生命，脚韵只是重叠的一种方式。从史的发展上看，歌谣原只要重叠，这重叠并不一定是脚韵；那就是说，歌谣并不一定要用韵。韵大概是后起的，是重叠的简化。现在的歌谣有又用韵又用别种重叠的，更可见出重叠的重要来。重叠为了强调，也为了记忆。顾颉刚先生说过：

　　　　对山歌因问作答，非复沓不可。……儿歌注重于说
　　　话的练习，事物的记忆与滑稽的趣味，所以也有复沓的
　　　需要。

　　　　　　　　　　　　（《论〈诗经〉所录全为乐歌》上）

　　"复沓"就是重叠。说"对山歌因问作答，非复沓不可"，是说重叠由于合唱；当然，合唱不止于对山歌。这可说是为了强调。说"儿童注重于说话的练习，事物的记忆，……也有复沓的需要"，是为了记忆；但是这也不限于儿歌。至于滑稽

的趣味，似乎与重叠无关，绕口令或拗口令里的滑稽的趣味，是从词语的意义和声音来的，不是从重叠来的。

现在举几首近代的歌谣为例，意在欣赏，但是同时也在表示重叠的作用。美国何德兰的《孺子歌图》（收录的以北平儿歌为主）里有一首《足五趾歌》：

> 这个小牛儿吃草。
> 这个小牛儿吃料。
> 这个小牛儿喝水儿。
> 这个小牛儿打滚儿。
> 这个小牛儿竟卧着，
> 我们打他。

这是一首游戏歌，一面念，一面用手指点着，末了儿还打一下。这首歌的完整全靠重叠，没有韵。将五个足趾当做五个"小牛儿"，末一个不做事，懒卧着，所以打他。这是变化。同书另一首歌：

> 玲珑塔，
> 塔玲珑，
> 玲珑宝塔十三层。

这首歌主要的是"玲珑"一个词。前两行是颠倒的重叠，后一行还是重叠前两行，但是颠倒了"玲珑"这个词，又加上了"宝"和"十三层"两个词语，将句子伸长，其实还只是

"玲珑"的意思。这些都是变化。这首歌据说现在还在游艺场里唱着，可是编得很长很复杂了。

邱峻先生辑的《情歌唱答》里有两首对山歌，是客家话：

女唱：
一日唔见涯心肝，
唔见心肝心不安。
唔见心肝心肝脱，
一见心肝脱心肝。

男答：
闲来么事想心肝，
紧想心肝紧不安。
我想心肝心肝想，
正是心肝想心肝。

两首全篇各自重叠，又彼此重叠，强调的是"心肝"，就是情人。还有北京大学印的《歌谣纪念增刊》里有刘达九先生记的四川的两首对山歌，是两个牧童在赛唱：

唱：
你的山歌没得我的山歌多，
我的山歌几箩筐。
箩筐底下几个洞，
唱的没得漏的多。

踪迹·论雅俗共赏

答：
你的山歌没得我的山歌多，
我的山歌牛毛多。
唱了三年三个月，
还没有唱完牛耳朵。

　　两首的头两句各自重叠，又彼此重叠，各自夸各自的"山歌多"；比喻都是本地风光，活泼，新鲜，有趣味。重叠的方式多得很，这里只算是"牛耳朵"罢了。

（北平《华北日报》俗文学副刊）

中国文的三种型

——评郭绍虞编著的《语文通论》与《学文示例》
（开明书店版）

这两部书出版虽然已经有好几年，但是抗战结束后我们才见到前一部书和后一部书的下册，所以还算是新书。《语文通论》收集关于语文的文章九篇，著者当作《学文示例》的序。《学文示例》虽然题为"大学国文教本"，却与一般国文教本大不相同。前一部书里讨论到中国语文的特性和演变，对于现阶段的白话诗文的发展关系很大，后一部书虽然未必是适用的教本，却也是很有用的参考书。

《语文通论》里《中国语词之弹性作用》，《中国文字型与语言型的文学之演变》，《新文艺运动应走的新途径》，《新诗的前途》，这四篇是中心。《文笔再辨》分析"六朝"时代的文学的意念，精详确切，但是和现阶段的发展关系比较少。这里讨论，以那中心的四篇为主。郭先生的课题可以说有三个。一是语词，二是文体，三是音节。语词包括单音词和连

踪迹·论雅俗共赏

语。郭先生"觉得中国语词的流动性很大，可以为单音同时也可以为复音，随宜而施，初无一定，这即是我们所谓弹性作用"（二面）。他分"语词伸缩"，"语词分合"，"语词变化"，"语词颠倒"四项，举例证明这种弹性作用。那些例子丰富而显明，足够证明他的理论。笔者尤其注意所谓"单音语词演化为复音的倾向"（四面）。笔者觉得中国语还是单音为主，先有单音词，后来才一部分"演化为复音"，商朝的卜辞里绝少连语，可以为证。但是这种复音化的倾向开始很早，卜辞里连语虽然不多，却已经有"往来"一类连语或词。《诗经》里更有了大量的叠字词与双声叠韵词。连语似乎以叠字与双声叠韵为最多，和六书里以形声字为最多相似。笔者颇疑心双声叠韵词本来只是单音词的延长。声的延长成为双声，如《说文》只有"蟋"字，后来却成为"蟋蟀"；韵的延长成为叠韵，如"逍遥"，也许本来只说"逍"一个音。书中所举的"玄黄"、"犹与"等双声连语可以自由分用（二三面），似乎就是从这种情形来的。

但是复音化的语词似乎限于物名和形况字，这些我们现在称为名词、形容词和副词；还有后世的代词和联结词（词类名称，用王了一先生在《中国现代语法》里所定的）。别的如动词等，却很少复音化的。这个现象的原因还待研究，但是已经可以见出中国语还是单音为主。本书说"复音语词以二字连缀者为最多，其次则三字四字"（三面）。双声叠韵词就都是"二字连缀"的。三字连缀似乎该以上一下二为通例。书中举《离骚》的"忳郁邑余侘傺兮"，并指出"忳与郁邑同义"（一八面），正是这种通例。这种复音语词《楚辞》里才见，也最多，似乎原是楚语。后来五七言诗里常用它。我们现在的口语里也还用着它，如"乱烘烘"之类。四字连缀以上二下二为主，书里举的马融的《长笛赋》"安翔骀荡，从容阐缓"等，虽然都是两个连语合成，但是这些合成的连语，意义都相近或相同，合成之后差不多成了一个连语。书里指出"辞赋中颇多此种手法"（二〇面），笔者颇疑心这是辞赋家在用着当时口语。现代口语里也还有跟这些相近的，如"死乞白赖"、"慢条斯理"之类。不过就整个中国语看，究竟是单音为主，二音连语为辅，三四音的语词只是点缀罢了。

郭先生将中国文体分为三个典型，就是"文字型，语言型，与文字化的语言型"（六六面）。他根据文体的典型的演变划分中国文学史的时代。"春秋"以前为诗乐时代，"这是语言与文字比较接近的时代"。文字"组织不必尽同于口头的语言"，却还是"经过改造的口语"；"虽与习常所说的不必尽同，然仍是人人所共晓的语言"。这时代的文学是"近于语言型的文学"（六八——九面）。古代言文的分合，主张不一；这里说的似乎最近情理。"战国"至两汉为辞赋时代，这是"渐离语言型而从文字型演进的时代，同时也可称是语言文字分离的时代"。郭先生说：

这是中国文学史上一个极重要的时代，因为是语文变化最显著的时代。此种变化，分为两途：其一，是本于以前寡其词协其音，改造语言的倾向以逐渐进行，终于发见单音文字的特点，于是在文学中发挥文字之特长，以完成辞赋的体制，使文学逐渐走上文字型的途

踪迹·论雅俗共赏

径；于是始与语言型的文学不相一致。其又一，是借统
一文字以统一语言，易言之，即借古语以统一今语，于
是其结果成为以古语为文辞，而语体与文言遂趋于分
途。前一种确定所谓骈文的体制，以司马相如的功绩为
多；后一种又确定所谓古文的体制，以司马迁的功绩为
多。（六九——七〇面）

"以古语为文辞，即所谓文字化的语言型"（七一面）。这里
指出两路的变化，的确是极扼要的。魏晋南北朝是骈文时代，
"这才是充分发挥文字特点的时代"，"是以文字为工具而演进
的时代"（七二面）。

"文字型的文学既演进到极端，于是起一个反动而成为
古文时代"，隋唐至北宋为古文时代。书中说这是"托古的革
新"。"古文古诗是准语体的文学，与骈文律诗之纯粹利用文
字的特点者不同"。南宋至现代为语体时代，"充分发挥语言
的特点"，"语录体的流行，小说戏曲的发展，都在这一个时
代，甚且方言的文学亦以此时为盛。"这"也可说是文学以语
言为工具而演进的时代"（七三——七四面）。语体时代从南
宋算起，确是郭先生的特见。他觉得：

    有些文学史之重在文言文方面者，每忽视小说与戏
曲的地位；而其偏重在白话文方面者，又抹煞了辞赋与
骈文的价值。前者之误，在以文言的余波为主潮；后者
之误，又在强以白话的伏流为主潮。（七四面）

这是公道的评论。他又说"中国文学的遗产自有可以接受的地方（辞赋与骈文），不得仅以文字的游戏视之"，而"现在的白话文过度的欧化也有可以商榷的地方，至少也应带些土气息，合些大众的脾胃"。他要白话文"做到不是哑巴的文学"（七五面）。书中不止一回提到这两点，很是强调，归结可以说是在音节的课题上。他以为"运用音节的词，又可以限制句式之过度欧化"（一一二面），这样"才能使白话文显其应用性"（一一七面）。他希望白话文"早从文艺的路走上应用的路"，"代替文言文应用的能力"，并"顾到通俗教育之推行"（八九面）。笔者也愿意强调白话文"走上应用的路"。但是郭先生在本书自序的末了说：

> 我以为施于平民教育，则以纯粹口语为宜；用于大学的国文教学，则不妨参用文言文的长处；若是纯文艺的作品，那么即使稍偏欧化也未为不可（自序四面）。

这篇序写在三十年。照现在的趋势看，白话文似乎已经减少了欧化而趋向口语，就是郭先生说的"活语言"，"真语言"（一〇九面），文言的成分是少而又少了。那么，这种辨别雅俗的三分法，似乎是并不需要的。

郭先生特别强调"中国文学的音乐性"，同意一般人的见解，以为欧化的白话文是"哑巴文学"。他对中国文学的音乐性是确有所见的。书中指出古人作文不知道标点分段，所以只有在音节上求得句读和段落的分明；骈文和古文甚至戏剧里的道白和语录都如此，骈文的匀整和对偶，古文句子的短，

主要的都是为了达成这个目的。而这种句读和段落的分明，是从诵读中觉出（三八——三九面，又自序二——三面）。但是照晋朝以来的记载，如《世说新语》等，我们知道诵读又是一种享受，是代替唱歌的。郭先生虽没有明说，显然也分到这种情感。他在本书自序里主张"于文言取其音节，于白话取其气势，而音节也正所以为气势之助"（三面），这就是"参用文言文的长处"。书中称赞小品散文，不反对所谓"语录体"，正因为"文言白话无所不可"（一〇四——一〇八面），又主张白话诗"容纳旧诗词而仍成新格"（一三二面），都是所谓"参用文言文的长处"。但是小品文和语录体都过去了，白话诗白话文也已经不是"哑巴文学"了。自序中说"于白话取其气势"，在笔者看来，气势不是别的，就是音节，不过不是骈文的铿锵和古文的吞吐作态罢了。朗诵的发展使我们认识白话的音节，并且渐渐知道如何将音节和意义配合起来，达成完整的表现。现在的青年代已经能够直接从自己唱和大家唱里享受音乐，他们将音乐和语言分开，让语言更能尽它的职责，这是一种进步。至于文言，如书中说的，骈文"难懂"，古文"只适宜于表达简单的意义"（三九面）；"在通篇的组织上，又自有比较固定的方法，遂也不易容纳复杂的思想"（自序三面）。而古诗可以用古文做标准，律诗可以用骈文做标准。那么，文言的终于被扬弃，恐怕也是必然的罢。

《语文通论》里有一篇道地的《学文示例·序》，说这部书"以技巧训练为主而以思想训练为辅"，"重在文学之训练"，兼选文言和白话，散文和韵文，"其编制以例为纲而不以体分类”，“示人以行文之变化”（一四五——一四九面）。全书共分五例：

> 一、评改例，分摘谬、修正二目，其要在去文章之病……二、拟袭例，分摹拟、借袭二目，摹拟重在规范体貌，借袭重在点窜成言，故又为根据旧作以成新制之例。三、变翻例，分译辞、翻体二目，或迻译古语，或橐括成文，这又是改变旧作以成新制之例。四、申驳例，分续广、驳难二目，续广以申前文未尽之意，驳难以正昔人未惬之见，这又重在立意方面，是补正旧作以成新制之例。五、熔裁例，此则为学文最后工夫，是摹拟而异其形迹，出因袭而自生变化，或同一题材而异其结构，或异其题材而合其神情……，这又是比较旧作以启迪新知之例。（一四九——一五〇面）

郭先生编《学文示例》这部书，搜采的范围很博，选择的作品很精，类列的体例很严，值得我们佩服。书中白话的例极少，这是限于现有的材料，倒不是郭先生一定要偏重文言；不过结果却成了以训练文言为主。所选的例子大多数出于大家和名家之手，精诚然是精，可是给一般大学生“示例”，要他们从这里学习文言的技巧，恐怕是太高太难了。至于现在的大学生有几个乐意学习这种文言的，姑且可以不论。不过这部书确是“一种新的编制，新的方法”，如郭先生序里说的。近代陈曾则先生编有《古文比》，选录同体的和同题的作品，并略有评语。这还是“班马异同评”一类书的老套子，不免

踪迹·论雅俗共赏

· 185 ·

简单些。战前郑奠先生在北京大学任教，编出《文镜》的目
录，同题之外，更分别体制，并加上评改一类，但是也不及
本书的完备与变化。这《学文示例》确是一部独创的书。若
是用来启发人们对于古文学的欣赏的兴趣，并培养他们欣赏
的能力，这是很有用的一部参考书。

（《清华学报》）

禅家的语言

我们知道禅家是"离言说"的，他们要将嘴挂在墙上。但是禅家却最能够活用语言。正像道家以及后来的清谈家一样，他们都否定语言，可是都能识得语言的弹性，把握着，运用着，达成他们的活泼无碍的说教。不过道家以及清谈家只说到"得意忘言"，"言不尽意"，还只是部分的否定语言，禅家却彻底的否定了它。《古尊宿语录》卷二记百丈怀海禅师答僧问"祖宗密语"说：

> 无有密语，如来无有秘密藏。……但有语句，尽属法之尘垢。但有语句，尽属烦恼边收。但有语句，尽属不了义教。但有语句，尽不许也，了义教俱非也。更讨什么密语！

这里完全否定了语句，可是同卷又记着他的话：

踪迹·论雅俗共赏

　　但是一切言教只如治病，为病不同，药亦不同。所
以有时说有佛，有时说无佛。实语治病，病若得瘥，个
个是实语，病若不瘥，个个是虚妄语。实语是虚妄语，
生见故。虚妄是实语，断众生颠倒故。为病是虚妄，只
有虚妄药相治。

又说：

　　世间譬喻是顺喻，不了义教是顺喻。了义教是逆
喻，舍头目髓脑是逆喻，如今不爱佛菩提等法是逆喻。

虚实顺逆却都是活用语言。否定是站在语言的高头，活用是
站在语言的中间；层次不同，说不到矛盾。明白了这个道理，
才知道如何活用语言。

　　北平《世间解》月刊第五期上有顾随先生的《揣籥录》，
第五节题为《不是不是》，中间提到"如何是（达摩）祖师西
来意"一问，提到许多答语，说只是些"不是，不是！"这
确是一语道着，斩断葛藤。但是"不是，不是"也有各色各
样。顾先生提到赵州和尚，这里且看看他的一手。《古尊宿语
录》卷十三记学人问他：

　　问："如何是赵州一句？"
　　师云："半句也无。"
　　学云："岂无和尚在？"
　　师云："老僧不是一句。"

卷十四又记：

> 问："如何是一句？"
>
> 师云："道什么？"
>
> 问："如何是一句？"
>
> 师云："两句。"

同卷还有：

> 问："如何是目前一句？"
>
> 师云："老僧不如你！"

这都是在否定"一句"，"一句""密语"。第一个答语，否定自明。第二次答"两句"，"两句"不是"一句"，牛头不对马嘴，还是个否定。第三个答语似乎更不相干，却在说：不知道，没有"目前一句"，你要，你自己悟去。

　　同样，他否定了"祖师西来意"那问语。同书卷十三记学人问"如何是祖师西来意"？

> 师云："庭前柏树子。"

卷十四记着同一问语：

> 师云："床脚是。"
>
> 云："莫便是也无？"（就是这个吗？）
>
> 师云："是即脱取去。"（是就拿下带了去。）

踪迹·论雅俗共赏

还有一次答话：

>师云："东壁上挂葫芦，多少时也！"

"即心即佛"，"非心非佛"，"祖师西来意"是不可说的。这里
却说了，说得很具体。但是"柏树子"，"床脚"，"葫芦"，这
些用来指点的眼前景物。可以说都和"西来意"了不相干，
所谓"逆喻"，是用肯定来否定，说了还跟没有说一样。但是
同卷又记着：

>问："柏树子还有佛性也无？"
>师云："有。"
>云："几时成佛？"
>师云："待虚空落地。"
>云："虚空几时落地？"
>师云："待柏树子成佛。"

既是"虚空"，何能"落地"？这句话否定了它自己，现在我
们称为无意义的话。"待柏树子成佛"是兜圈子，也等于没有
说，我们称为丐词。这些也都是用肯定来否定的。但是柏树
子有佛性，前面那些答话就又不是了不相干了。这正是活用，
我们称为多义的话。

同卷紧接着的一段：

>问："如何是西来意？"

师云："因什么向院里骂老僧！"

云："学人有何过？"

师云："老僧不能就院里骂得阇黎。"（阇黎＝师）

又记着：

问："如何是西来意？"

师云："板齿生毛。"

这里前两句答话也是了不相干，但是不是眼前有的景物，而是眼前没有的事；没有的事是没有，是否定。但是"骂老僧""骂阇黎"就是不认得僧，不认得师，因而这一问也就是不认得祖师。这也是两面儿话，或说是两可的话。末一句答话说板牙上长毛，也是没有的事，并且是不可能的事；"西来意"是不可能说的。同卷还有两句答话：

师云："如你不唤作祖师，意犹未在。"

这是说没有"祖师"，也没有"意"。

师云："什么处得者消息来！"

意思是跟上句一样。这都是直接否定了问句，比较简单好懂。顾先生说"庭前柏树子"一句"流传宇宙，震铄古今"，就因为那答话里是个常物，却出乎常情，却又不出乎禅家"无多

子"的常理。这需要活泼无碍的运用想象，活泼无碍的运用
语言。这就是所谓"机锋"。"机锋"也有路数，本文各例可
见一斑。

（《世间解》月刊）

论老实话

美国前国务卿贝尔纳斯退职后写了一本书，题为《老实话》。这本书中国已经有了不止一个译名，或作《美苏外交秘录》，或作《美苏外交内幕》，或作《美苏外交纪实》，"秘录""内幕"和"纪实"都是"老实话"的意译。前不久笔者参加一个宴会，大家谈起贝尔纳斯的书，谈起这个书名。一个美国客人笑着说，"贝尔纳斯最不会说老实话！"大家也都一笑。贝尔纳斯的这本书是否说的全是"老实话"，暂时不论，他自题为《老实话》，以及中国的种种译名都含着"老实话"的意思，却可见无论中外，大家都在要求着"老实话"。贝尔纳斯自题这样一个书名，想来是表示他在做国务卿办外交的时候有许多话不便"老实说"，现在是自由了，无官一身轻了，不妨"老实说"了——原名直译该是《老实说》，还不是《老实话》。但是他现在真能自由的"老实说"，真肯那么的"老实说"吗？——那位美国客人的话是有他的理由的。

无论中外，也无论古今，大家都要求"老实话"，可见

"老实话"是不容易听到见到的。大家在知识上要求真实，他
们要知道事实，寻求真理。但是抽象的真理，打破沙缸问到
底，有的说可知，有的说不可知，至今纷无定论，具体的事
实却似乎或多或少总是可知的。况且照常识上看来，总是先
有事后才有理，而在日常生活里所要应付的也都是些事，理
就包含在其中，在应付事的时候，理往往是不自觉的。因此
强调就落到了事实上。常听人说"我们要明白事实的真相"，
既说"事实"，又说"真相"，叠床架屋，正是强调的表现。
说出事实的真相，就是"实话"。买东西叫卖的人说"实价"，
问口供叫犯人"从实招来"，都是要求"实话"。人与人如此，
国与国也如此。有些时事评论家常说美苏两强若是能够，肯
老实说出两国的要求是些什么东西，再来商量，世界的局面
也许能够明朗化。可是又有些评论家认为两强的话，特别是
苏联方面的，说的已经够老实了，够明朗化了。的确，自从
去年维辛斯基在联合国大会上指名提出了"战争贩子"以后，
美苏两强的话是越来越老实了，但是明朗化似乎还未见其然。

　　人们为什么不能不肯说实话呢？归根结蒂，关键是在利
害的冲突上。自己说出实话，让别人知道自己的虚实，容易
制自己。就是不然，让别人知道底细，也容易比自己抢先一
着。在这个分配不公平的世界上，生活好像战争，往往是有
你无我；因此各人都得藏着点儿自己，让人莫名其妙。于是
乎钩心斗角，捉迷藏，大家在不安中猜疑着。向来有句老话，
"知人知面不知心"，还有，"逢人只说三分话，未可全抛一片
心"，这种处世的格言正是教人别说实话，少说实话，也正是
暗示那利害的冲突。我有人无，我多人少，我强人弱，说实

话恐怕人来占我的便宜；强的要越强，多的要越多，有的要越有。我无人有，我少人多，我弱人强，说实话也恐怕人欺我不中用；弱的想变强，少的想变多，无的想变有。人与人如此，国与国又何尝不如此！

说到战争，还有句老实话，"兵不厌诈"！真的交兵"不厌诈"，钩心斗角，捉迷藏，耍花样，也正是个"不厌诈"！"不厌诈"，就是越诈越好，从不说实话少说实话大大的跨进了一步；于是乎模糊事实，夸张事实，歪曲事实，甚至于捏造事实！于是乎种种谎话，应有尽有，你想我是骗子，我想你是骗子。这种情形，中外古今大同小异，因为分配老是不公平，利害也老在冲突着。这样可也就更要求实话，老实话。老实话自然是有的，人们没有相当限度的互信，社会就不成其为社会了。但是实话总还太少，谎话总还太多，社会的和谐恐怕还远得很罢。不过谎话虽然多，全然出于捏造的却也少，因为不容易使人信。麻烦的是谎话里掺实话，实话里掺谎话——巧妙可也在这儿。日常的话多多少少是两掺的，人们的互信就建立在这种两掺的话上，人们的猜疑可也发生在这两掺的话上。即如贝尔纳斯自己标榜的"老实话"，他的同国的那位客人就怀疑他在用好名字骗人。我们这些常人谁能知道他的话老实或不老实到什么程度呢？

人们在情感上要求真诚，要求真心真意，要求开诚相见或诚恳的态度。他们要听"真话"，"真心话"，心坎儿上的，不是嘴边儿上的话。这也可以说是"老实话"。但是"心口如一"向来是难得的，"口是心非"恐怕大家有时都不免，读了奥尼尔的《奇异的插曲》就可恍然。"口蜜腹剑"却真成了小

人。真话不一定关于事实，主要的是态度。可是，如前面引过的，"知人知面不知心"，不看什么人就掏出自己的心肝来，人家也许还嫌血腥气呢！所以交浅不能言深，大家一见面儿只谈天气，就是这个道理。所谓"推心置腹"，所谓"肺腑之谈"，总得是二三知己才成；若是泛泛之交，只能敷敷衍衍，客客气气，说一些不相干的门面话。这可也未必就是假的，虚伪的。他至少眼中有你。有些人一见面冷冰冰的，拉长了面孔，爱理人不理人的，可以算是"真"透了顶，可是那份儿过了火的"真"，有几个人受得住！本来彼此既不相知，或不深知，相干的话也无从说起，说了反容易出岔儿，乐得远远儿的，淡淡儿的，慢慢儿的，不过就是彼此深知，像夫妇之间，也未必处处可以说真话。"人心不同，各如其面"，一个人总有些不愿意教别人知道的秘密，若是不顾忌着些个，怎样亲爱的也会碰钉子的。真话之难，就在这里。

真话虽然不一定关于事实，但是谎话一定不会是真话。假话却不一定就是谎话，有些甜言蜜语或客气话，说得过火，我们就认为假话，其实说话的人也许倒并不缺少爱慕与尊敬。存心骗人，别有作用，所谓"口蜜腹剑"的，自然当做别论。真话又是认真的话，玩话不能当做真话。将玩话当真话，往往闹别扭，即使在熟人甚至亲人之间。所以幽默感是可贵的。真话未必是好听的话，所谓"苦口良言"，"药石之言"，"忠言"，"直言"，往往是逆耳的，一片好心往往倒得罪了人。可是人们又要求"直言"，专制时代"直言极谏"是选用人才的一个科目，甚至现在算命看相的，也还在标榜"铁嘴"，表示直说，说的是真话，老实话。但是这种"直言""直说"大概是不至于刺耳至少也不至于太刺耳的。又是"直言"，又不太刺耳，岂不两全其美吗！不过刺耳也许还可忍耐，刺心却最难宽恕；直说遭怨，直言遭忌，就为刺了别人的心——小之被人骂为"臭嘴"，大之可以杀身。所以不折不扣的"直言极谏"之臣，到底是寥寥可数的。直言刺耳，进而刺心，简直等于相骂，自然会叫人生气，甚至于翻脸。反过来，生了气或翻了脸，骂起人来，冲口而出，自然也多直言，真话，老实话。

人与人是如此，国与国在这里却不一样。国与国虽然也讲友谊，和人与人的友谊却不相当，亲谊更简直是没有。这中间没有爱，说不上"真心"，也说不上"真话""真心话"。倒是不缺少客气话，所谓外交辞令；那只是礼尚往来，彼此表示尊敬而已。还有，就是条约的语言，以利害为主，有些是互惠，更多是偏惠，自然是弱小吃亏。这种条约倒是"实话"，所以有时得有秘密条款，有时更全然是密约。条约总说是双方同意的，即使只有一方是"欣然同意"。不经双方同意而对一方有所直言，或彼此相对直言，那就往往是谴责，也就等于相骂。像去年联合国大会以后的美苏两强，就是如此。话越说得老实，也就越尖锐化，当然，翻脸倒是还不至于的。这种老实话一方面也是宣传。照一般的意见，宣传决不会是老实话。然而美苏两强互相谴责，其中的确有许多老实话，也的确有许多人信这一方或那一方，两大阵营对垒的形势因此也越见分明，世界也越见动荡。这正可见出宣传的力量。宣传也有各等各样。毫无事实的空头宣传，不用说没人信；有事实可也掺点儿谎，就有信的人。因为有事实就有自信，

有自信就能多多少少说出些真话，所以教人信。自然，事实越多越分明，信的人也就越多。但是有宣传，也就有反宣传，反宣传意在打消宣传。判断当然还得凭事实。不过正反错综，一般人眼花缭乱，不胜其麻烦，就索性一句话抹杀，说一切宣传都是谎！可是宣传果然都是谎，宣传也就不会存在了，所以还当分别而论。即如贝尔纳斯将他的书自题为《老实说》，或《老实话》，那位美国客人就怀疑他在自我宣传；但是那本书总不能够全是谎罢？一个人也决不能够全靠撒谎而活下去，因为那么着他就掉在虚无里，就没了。

(《周论》)

鲁迅先生的杂感

最近写了一篇短文讨论"百读不厌"那个批评用语，照笔者分析的结果，所谓"百读不厌"，注重趣味与快感，不适用于我们的现代文学。可是现代作品里也有引人"百读不厌"的，不过那不是作品的主要的价值。笔者根据自己的经验，举出鲁迅先生的《阿Q正传》做例子，认为引人"百读不厌"的是幽默，这幽默是严肃的，不是油腔滑调的，更不只是为幽默而幽默。鲁迅先生的《随感录》，先是出现在《新青年》上后来收在《热风》里的，还有一些"杂感"，在笔者也是"百读不厌"的。这里吸引我的，一方面固然也是幽默，一方面却还有别的，就是那传统的称为"理趣"，现在我们可以说是"理智的结晶"的，而这也就是诗。

冯雪峰先生在《鲁迅论》里说到鲁迅先生"在文学上独特的特色"：

首先，鲁迅先生独创了将诗和政论凝结于一起的

"杂感"这尖锐的政论性的文艺形式。这是匕首，这是
投枪，然而又是独特形式的诗；这形式，是鲁迅先生所
独创的，是诗人和战士的一致的产物。自然，这种形
式，在中国旧文学里是有它类似的存在的，但我们知道
旧文学中的这种形式，有的只是形式和笔法上有可取之
点，精神上是完全不成的；有的则在精神上也有可取之
点，却只是在那里自生自长的野草似的一点萌芽。鲁迅
先生，以其战斗的需要，才独创了这在其本身是非常完
整的，而且由鲁迅先生自己达到了那高峰的独特的形式。

（见《过来的时代》）

所谓"中国文学里是有它类似的存在的"，大概指的古文里
短小精悍之作，象韩柳杂说的罢？冯先生说鲁迅先生"也同
意对于他的杂感散文在思想意义之外又是很高的而且独创的
艺术作品的评价"，"并且以为（除何凝先生外）还没有说出
这一点来"（《关于鲁迅在文学上的地位》的《附记》，见同
书）。这种"杂感"在形式上的特点是"简短"，鲁迅先生就
屡次用"短评"这名称，又曾经泛称为"简短的东西"。"简
短"而"凝结"，还能够"尖锐"得像"匕首"和"投枪"一
样；主要的是他在用了这"匕首"和"投枪"战斗着。"狭巷
短兵相接处，杀人如草不闻声"，这是诗，鲁迅先生的"杂感"
也是诗。

《热风》的《题记》的结尾：

但如果凡我所写，的确都是冷的呢？则它的生命原

· 200 ·

来就没有，更谈不到中国的病证究竟如何。然而，无情的冷嘲和有情的讽刺相去本不及一张纸，对于周围的感受和反应，又大概是所谓"如鱼饮水冷暖自知"的；我却觉得周围的空气太寒冽了，我自说我的话，所以反而称之曰《热风》。

鲁迅先生是不愿承受"冷静"那评价的，所以有这番说话。他确乎不是个"冷静"的人，他的憎正由于他的爱；他的"冷嘲"其实是"热讽"。这是"理智的结晶"，可是不结晶在冥想里，而结晶在经验里；经验是"有情的"，所以这结晶是有"理趣"的。开始读他的《随感录》的时候，一面觉得他所嘲讽的愚蠢可笑，一面却又往往觉得毛骨悚然——他所指出的"中国病证"，自己没有犯过吗，不在犯着吗？可还是"百读不厌"的常常去翻翻看看，吸引我的是那笑，也是那"笑中的泪"罢。

　　这种诗的结晶在《野草》里"达到了那高峰"。《野草》被称为散文诗，是很恰当的。《题辞》里说：

　　　　过去的生命已经死亡。我对于这死亡有大欢喜，因为我借此知道它曾经存活。死亡的生命已经朽腐。我对于这朽腐有大欢喜，因为我借此知道它还非空虚。

　　又说：

　　　　我自爱我的野草，但我憎恶这以野草作装饰的地

面。地火在地下运行，奔突；熔岩一旦喷出，将烧尽一切野草，以及乔木，于是并且无可朽腐。

又说：

我以这一丛野草在明与暗，生与死，过去与未来之际，献于友与仇，人与兽，爱者与不爱者之前作证。

最后是：

去罢，野草，连着我的题辞！

这写在一九二七年，正是大革命的时代。他彻底地否定了"过去的生命"，连自己的《野草》连着这《题辞》，也否定了，但是并不否定他自己。他"希望"地下的火火速喷出，烧尽过去的一切；他"希望"的是中国的新生！在《野草》里比在《狂人日记》里更多的用了象征，用了重叠，来"凝结"来强调他的声音，这是诗。

他一面否定，一面希望，一面在战斗着。《野草》里的一篇《希望》，是一九二五年一月一日写的，他说：

我只得由我来肉薄这空虚中的暗夜了，纵使寻不到身外的青春，也总得自己来一掷我身中的迟暮。但暗夜又在那里呢？现在没有星，没有月光，以至笑的渺茫和爱的翔舞；青年们很平安，而我的面前又竟至于并且没有真的暗夜。

然而就在这一年他感到青年们动起来了，感到"真的暗夜"露出来了，这一年他写了特别多的"杂感"，就是收在《华盖集》里的。这一年"十二月三十一日之夜"写的《题记》里给了这些"短评"一个和《随感录》略有分别的名字，就是"杂感"。他说这些"杂感""往往执滞在几件小事情上"，也就是从一般的"中国的病证"转到了个别的具体的事件上。虽然他还是将这种个别的事件"作为社会上的一种典型"（见前引冯雪峰先生那篇《附记》里引的鲁迅先生自己的话）来处理，可是这些"杂感"比起《热风》中那些《随感录》确乎是更其现实的了；他是从诗回向散文了。换上"杂感"这个新名字，似乎不是随随便便的无所谓的。

散文的杂感增加了现实性，也增加了尖锐性。"一九三二年四月二十四日之夜"写的《三闲集》的《序言》里说到：

> 恐怕这"杂感"两个字，就使志趣高超的作者厌恶，避之惟恐不远了。有些人们，每当意在奚落我的时候，就往往称我为"杂感家"。

这正是尖锐性的证据。他这时在和"真的暗夜""肉搏"了，武器是越尖锐越好，他是不怕"'不满于现状'的'杂感家'"这一个"恶谥"的。一方面如冯雪峰先生说的，"他又常痛惜他的小说和他的文章中的曲笔常被一般读者误解"。所以"更倾向于直剖明示的尖利的批判武器的创造"（见《鲁迅先生计

划而未完成的著作》，也在《过去的时代》中）了。这种"直
剖明示"的散文作风伴着战斗发展下去，"杂感"就又变为
"杂文"了。"一九三二年四月三十日之夜"写的《二心集》
的《序言》里开始就说：

　　这里是一九三〇与三一年两年间的杂文的结集。

末尾说：

　　自从一九三一年一月起，我写了较上年更多的文
　　章，但因为揭载的刊物有些不同，文字必得和它们相
　　称，就很少做《热风》那样简短的东西了；而且看看对
　　于我的批评文字，得了一种经验，好像评论做得太简
　　括，是极容易招得无意的误解，或有意的曲解似的。

又说：

　　这回连较长的东西也收在这里面。

"简单"改为不拘长短，配合着时代的要求，"杂文"于是乎
成了大家都能用，尖利而又方便的武器了。这个创造是值得
纪念的；虽然我们损失了一些诗，可是这是个更需要散文的
时代。

（《燕京新闻》副叶）

闻一多先生怎样走着中国文学的道路

——《闻一多全集》序

　　闻一多先生为民主运动贡献了他的生命，他是一个斗士。但是他又是一个诗人和学者。这三重人格集合在他身上，因时期的不同而或隐或现。大概从民国十四年参加《北平晨报》的诗刊到十八年任教青岛大学，可以说是他的诗人时期，这以后直到三十三年参加昆明西南联合大学的五四历史晚会，可以说是他的学者时期，再以后这两年多，是他的斗士时期。学者的时期最长，斗士的时期最短，然而他始终不失为一个诗人；而在诗人和学者的时期，他也始终不失为一个斗士。本集里承臧克家先生抄来三十二年他的一封信，最可以见出他这种三位一体的态度。他说：

　　　　我只觉得自己是座没有爆发的火山，火烧得我痛，却始终没有能力（就是技巧）炸开那禁锢我的地壳，放射出光和热来。只有少数跟我很久的朋友（如梦家）才

踪迹·论雅俗共赏

知道我有火，并且就在《死水》里感觉出我的火来。

这是斗士藏在诗人里。他又说：

> 你们做诗人的人老是这样窄狭，一口咬定世上除
> 了诗什么也不存在。有比历史更伟大的诗篇吗？我不能
> 想象一个人不能在历史（现代也在内，因为它是历史的
> 延长）里看出诗来，而还能懂诗。……你不知道我在故
> 纸堆中所做的工作是什么，它的目的何在……因为经过
> 十余年故纸堆中的生活，我有了把握，看清了我们这民
> 族、这文化的病症，我敢于开方了。方单的形式是什
> 么——一部文学史（诗的史），或一首诗（史的诗），我
> 不知道，也许什么也不是。……你诬枉了我，当我是一
> 个蠹鱼，不晓得我是杀蠹的芸香。虽然二者都藏在书
> 里，他们的作用并不一样。

学者中藏着诗人，也藏着斗士。他又说"今天的我是以文学
史家自居的"。后来的他却开了"民主"的"方单"，进一步
以直接行动的领导者的斗士姿态出现了。但是就在被难的前
几个月，他还在和我说要写一部唯物史观的中国文学史。

闻先生真是一团火。就在《死水》那首诗里他说：

> 这是一沟绝望的死水，
> 这里断不是美的所在，
> 不如让给丑恶来开垦，

看他造出个什么世界。

这不是"恶之花"的赞颂，而是索性让"丑恶"早些"恶贯满盈"，"绝望"里才有希望。在《死水》这诗集的另一首诗《口供》里又说：

> 可是还有一个我，你怕不怕？——
> 苍蝇似的思想，垃圾桶里爬。

"绝望"不就是"静止"，在"丑恶"的"垃圾桶里爬"着，他并没有放弃希望。他不能静止，在《心跳》那首诗里唱着：

> 静夜！我不能，不能受你的贿赂。
> 谁希罕你这墙内方尺的和平！
> 我的世界还有更辽阔的边境。
> 这四墙既隔不断战争的喧嚣，
> 你有什么方法禁止我的心跳？

所以他写下战争惨剧的《荒村》诗，又不怕人家说他窄狭，写下了许多爱国诗。他将中国看作"一道金光""一团火"（《一个观念》）。那时跟他的青年们很多，他领着他们做诗，也领着他们从"绝望"里向一个理想挣扎着，那理想就是"咱们的中国！"（《一句话》）

可是他觉得做诗究竟"窄狭"，于是乎转向历史，中国文学史。他在给臧克家先生的那封信里说，"我始终没有忘记除

了我们的今天外，还有那二千年前的昨天，这角落外还有整个世界。"同在三十二年写作的那篇《文学的历史动向》里说起"对近世文明影响最大最深的四个古老民族——中国、印度、以色列、希腊——都在差不多同时猛抬头，迈开了大步"。他说：

> 约当纪元前一千年左右，在这四个国度里，人们都歌唱起来，并将他们的歌记录在文字里，给流传到后代……四个文化，在悠久的年代里，起先是沿着各自的路线，分途发展，不相闻问。然后，慢慢的随着文化势力的扩张，一个个的胳臂碰上了胳臂，于是吃惊，点头，招手，交谈，日子久了，也就交换了观念思想与习惯。最后，四个文化慢慢的都起着变化，互相吸收，融合，以至总有那么一天，四个的个别性渐渐消失，于是文化只有一个世界的文化。这是人类历史发展的必然路线，谁都不能改变，也不必改变。

这就是"这角落外还有整个世界"一句话的注脚。但是他只能从中国文学史下手。而就是"这角落"的文学史，也有那么长的年代，那么多的人和书，他不得不一步步的走向前去，不得不先钻到"故纸堆内讨生活"，如给臧先生信里说的。于是他好像也有了"考据癖"。青年们渐渐离开了他。他们想不到他是在历史里吟味诗，更想不到他要从历史里创造"诗的史"或"史的诗"。他告诉臧先生，"我比任何人还恨那故纸堆，正因为恨它，更不能不弄个明白。"他创造的是崭新的现代的"诗的史"或"史的诗"。这一篇巨著虽然没有让他完成，可是十多年来也片断的写出了一些。正统的学者觉得这些不免"非常异义，可怪之论"，就戏称他和一两个跟他同调的人为"闻一多派"。这却正见出他是在开辟着一条新的道路；而那披荆斩棘，也正是一个斗士的工作。这时期最长，写作最多。到后来他以民主斗士的姿态出现，青年们又发现了他，这一回跟他的可太多了！虽然行动时时在要求着他，他写的可并不算少，并且还留下了一些演讲录。这一时期的作品跟演讲录都充满了热烈的爱憎和精悍之气，就是学术性的论文如《龙凤》和《屈原问题》等也如此。这两篇，还有杂文《关于儒、道、土匪》，大概都可以算得那篇巨著的重要的片段罢。这时期他将诗和历史跟生活打成一片；有人说他不懂政治，他倒的确不会让政治的圈儿箍住的。

他在"故纸堆内讨生活"，第一步还得走正统的道路，就是语史学的和历史学的道路，也就是还得从训诂和史料的考据下手。在青岛大学任教的时候，他已经开始研究唐诗；他本是个诗人，从诗到诗是很近便的路。那时工作的重心在历史的考据。后来又从唐诗扩展到《诗经》《楚辞》，也还是从诗到诗。然而他得弄语史学了。他读卜辞，读铜器铭文，从这些里找训诂的源头。从本集二十二年给饶孟侃先生的信可以看出那时他是如何在谨慎的走着正统的道路。可是他"很想到河南游游，尤其想看洛阳——杜甫三十岁前后所住的地方"。他说"不亲眼看看那些地方我不知杜甫传如何写"。这就不是一个寻常的考据家了！抗战以后他又从《诗经》《楚辞》跨到了《周易》和《庄子》；他要探求原始社会的生活，他研

踪迹·论雅俗共赏

究神话,如高唐神女传说和伏羲故事等等,也为了探求"这
民族,这文化"的源头,而这原始的文化是集体的力,也是
集体的诗;他也许要借这原始的集体的力给后代的散漫和萎
靡来个对症下药罢。他给臧先生写着:

> 我的历史课题甚至伸到历史以前,所以我研究神
> 话,我的文化课题超出了文化圈外,所以我又在研究以
> 原始社会为对象的文化人类学。

他不但研究着文化人类学,还研究佛罗依德的心理分析学来
照明原始社会生活这个对象。从集体到人民,从男女到饮食,
只要再跨上一步;所以他终于要研究起唯物史观来了,要在
这基础上建筑起中国文学史。从他后来关于文学的几个演讲,
可以看出他已经是在跨着这一步。

然而他为民主运动献出了生命,再也来不及打下这个中
国文学史的基础了。他在前一个时期里却指出过"文学的历
史动向"。他说从西周到北宋都是诗的时期,"我们这大半部
文学史,实质上都是诗史"。可是到了北宋,"可能的调子都
已唱完了",上前"接力"的是小说与戏剧。"中国文学史的
路线从南宋起便转向了,从此以后是小说戏剧的时代。"他说
"是那充满故事兴味的佛典之翻译与宣讲,唤醒了本土的故事
兴趣的萌芽,使它与那较进步的外来形式相结合,而产生了
我们的小说与戏剧"。而第一度外来影响刚刚扎根,现在又来
了第二度的。第一度佛教带来的印度影响是小说戏剧,第二
度基督教带来的欧洲影响又是小说戏剧,……于是乎他说:

四个文化同时出发，三个又化都转了手，有的转给近亲，有的转给外人，主人自己却没落了，那许是因为他们都只勇于"予"而怯于"受"。中国是勇于"予"而不太怯于"受"的，所以还是自己文化的主人，然而……仅仅不怯于"受"是不够的，要真正勇于"受"。让我们的文学更彻底的向小说戏剧发展，等于说要我们死心塌地走人家的路。这是一个"受"的勇气的测验。

这里强调外来影响。他后来建议将大学的中国文学系跟外国语文学系改为文学系跟语言学系，打破"中西对立，文语不分"的局面，也是"要真正勇于受"，都说明了"这角落外还有整个世界"那句话。可惜这个建议只留下一堆语句，没有写成。但是那印度的影响是靠了"宗教的势力"才普及于民间，因而才从民间"产生了我们的小说与戏剧"。人民的这种集体创作的力量是文学的史的发展的基础，在诗歌等等如此，在小说戏剧更其如此。中国文学史里，小说和戏剧一直不曾登大雅之堂，士大夫始终只当它们是消遣的玩意儿，不是一本正经。小说戏剧一直不曾脱去了俗气，也就是平民气。等到民国初年我们的现代化的运动开始，知识阶级渐渐形成，他们的新文学运动和新文化运动接受了欧洲的影响，也接受了"欧洲文学的主干"的小说和戏剧；小说戏剧这才堂堂正正的成为中国文学。《文学的历史动向》里还没有顾到这种情形，但在《中国文学史稿》里，闻先生却就将"民间影响"跟"外来影响"并列为"二大原则"，认为"一事的二面"或"二阶段"，还说，"前几次外来影响皆不自觉，因经由民间；

最近一次乃士大夫所主持，故为自觉的。"

　　他的那本《中国文学史稿》，其实只是三十三年在昆明中法大学教授中国文学史的大纲，还待整理，没有收在全集里。但是其中有《四千年文学大势鸟瞰》，分为四段八大期，值得我们看看：

第一段　本土文化中心的抟成　一千年左右第一大期　黎
　　　明　夏商至周成王中叶（公元前二○五○至前一一
　　　○○）约九百五十年
第二段　从三百篇到十九首　一千二百九十一年
　　　第二大期　五百年的歌唱　周成王中叶至东周定王八
　　　年（陈灵公卒，《国风》约终于此时，前一○九九至
　　　前五九九）约五百年
　　　第三大期　思想的奇葩　周定王九年至汉武帝后元二
　　　年（前五九八至前八七）五百一十年
　　　第四大期　一个过渡期间　汉昭帝始元元年至东汉献
　　　帝兴平二年（前八六至二○后一九五）二百八十一年
第三段　从曹植到曹雪芹　一千七百一十九年
　　　第五大期　诗的黄金时代　东汉献帝建安元年至唐玄
　　　宗天宝十四载（一九六至二○七五五）五百五十九年
　　　第六大期　不同型的余势发展　唐肃宗至德元载至南宋
　　　恭帝德祐二年（七五六至二○一二七六）五百二十年
　　　第七大期　故事兴趣的醒觉　元世祖至元十四年至民
　　　国六年（一二七七至二○一九一七）六百四十年

第四段　未来的展望——大循环

　　第八大期　伟大的期待　民国七年至……（一九一八
……）

第一段"本土文化中心的构成"，最显著的标识是仰韶文化
（新石器时代）的陶器花纹变为殷周的铜器花纹，以及农业的
兴起等。第三大期"思想的奇葩"，指的散文时代。第六大
期"不同型的余势发展"，指的诗中的"更多样性与更参差的
情调与观念"，以及"散文复兴与诗的散文化"等。第四段的
"大循环"，指的回到大众。第一第二大期是本土文化的东西
交流时代，以后是南北交流时代。这中间发展的"二大原则"，
是上文提到的"外来影响"和"民间影响"；而最终的发展是
"世界性的趋势"。——这就是闻先生计划着创造着的中国文
学史的轮廓。假如有机会让他将这个大纲重写一次，他大概
还要修正一些，补充一些。但是他将那种机会和生命一起献
出了，我们只有从这个简单的轮廓和那些片段，完整的，不
完整的，还有他的人，去看出他那部"诗的史"或那首"史
的诗"。

　　他是个现代诗人，所以认为"在这新时代的文学动向中，
最值得揣摩的，是新诗的前途"。他说新诗得"真能放弃传统
意识，完全洗心革面，重新做起"。——

　　　　那差不多等于说，要把诗做得不像诗了。也对。说
　　得更准确点，不像诗，而像小说戏剧，至少让它多像点
　　小说戏剧，少像点诗。大多"诗"的诗，和所谓"纯

踪迹·论雅俗共赏

诗"者，将来恐怕只能以一种类似解嘲与抱歉的姿态，为极少数人存在着。在一个小说戏剧的时代，诗得尽量采取小说戏剧的态度，利用小说戏剧的技巧，才能获得广大的读众。……新诗所用的语言更是向小说戏剧跨近了一大步，这是新诗之所以为"新"的第一个也是最主要的理由。其它在态度上，在技巧上的种种进一步的试验，也正在进行着。请放心，历史上常常有人把诗写得不像诗，如阮籍、陈子昂、孟郊，如华茨渥斯、惠特曼，而转瞬间便是最真实的诗了。诗这东西的长处就在它有无限度的弹性，……只有固执与狭隘才是诗的致命伤，……

那时他接受了英国文化界的委托，正在抄选中国的新诗，并且翻译着。他告诉臧克家先生：

不用讲今天的我是以文学史家自居的，我并不是代表某一派的诗人。唯其曾经一度写过诗，所以现在有揽取这项工作的热心，唯其现在不再写诗了，所以有应付这工作的冷静的头脑而不至于对某种诗有所偏爱或偏恶。我是在新诗之中，又在新诗之外，我想我是颇合乎选家的资格的。

是的，一个早年就写得出《〈女神〉的时代精神》和《〈女神〉的地方色彩》那样确切而公道的批评的人，无疑的"是颇合乎选家的资格的"。可惜这部诗选又是一部未完书，我们只能够尝鼎一脔！他最后还写出了那篇《时代的鼓手》，赞颂田间先生的诗。这一篇短小的批评激起了不小的波动，也发生了不小的影响。他又在三十四年西南联合大学五四周的朗诵晚会上朗诵了艾青先生的《大堰河》，他的演戏的才能和低沉的声调让每一个词语渗透了大家。

闻先生对于诗的贡献真太多了！创作《死水》，研究唐诗以至《诗经》《楚辞》，一直追求到神话，又批评新诗，抄选新诗，在被难的前三个月，更动手将《九歌》编成现代的歌舞短剧，象征着我们的青年的热烈的恋爱与工作。这样将古代跟现代打成一片，才能成为一部"诗的史"或一首"史的诗"。其实他自己的一生也就是具体而微的一篇"诗的史"或"史的诗"，可惜的是一篇未完成的"诗的史"或"史的诗"！这是我们不能甘心的！

（《文学》杂志）